深夜緣文

To My Forever Love

♥

Karena Li

目錄

／第五章／　最愛

/ 第一章 /

謊言

街上的人都看起來

比我幸福一點

1.1／提早回家

「老公，我今晚不回來了，會帶小孩去我媽那邊，你自己買飯吧。」
「嗯嗯，放心，我會照顧自己。」
「愛你。」
「老婆我也愛妳，明天快點回來，我會想念妳！」

這陣子，我每星期都會帶小孩回娘家睡一晚，因為我爸剛剛因病去世，我想多陪我媽一點。

老公也同意了。他心底應該很高興吧，可以一個人在家打遊戲、看球賽。

幾星期都一切正常，我媽的心情也好了一點。

「妳別常常過來喇，老公都不管好，萬一他做錯事怎麼辦。」我媽說。

「不會啦，他是個老實的男人，是個女性絕緣體。」我有自信地答。

「妳今晚回去吧，妳阿姨會來陪我。」我媽堅持。

聽到這一句，小孩嚷起來：「我要陪婆婆！我不要回去。」因為婆婆家裏有很多糖果吃。

我媽握着他的小手：「那你留在這裏陪婆婆，媽媽自己一個回去好嗎？」

小孩居然笑着說好。

我媽轉過來跟我說：「你們有多久沒過二人世界了？今晚給他一個驚喜吧。」

「都老夫老妻了……」我遲疑：「不用吧。」

「要是他不在人世，妳想二人世界都沒可能了。」我媽有點傷心。

「好吧。」我轉而跟小孩說：「你乖乖留在這裏陪婆婆呀。」

對一個三十多、接近四十歲的女人來說，平日忙着照顧小孩，已經忘記

「戀愛」的感覺了。有時照照鏡子，看到自己的皺紋，看到一身「媽媽裝」打扮的自己，也都對自己失去自信了，老公好像也沒怎麼正眼看自己。

幸好，他是個工作狂，即使回家後也打電動，根本是個毒男及宅男，這讓我很放心地變醜。

不怕說，我們很久沒有做愛了。快要半年吧？不是他很累，就是我要照顧孩子，而且我也很累。他應該會自己看A片解決，我也偶爾會在浴室裏自我浪漫一下。

老夫老妻都是這樣子，有甚麼好奇怪呢。

想着想着，我沒有通知老公就回到家門前。

有對高跟鞋擺在門口。

我家是用密碼門鎖的，而且設定了靜音，因為半夜倒垃圾時怕吵醒小孩，所以我可以無聲無息地打開門，踏進家裏。

「啊……」

我聽到女性的呻吟聲，看到梳化上散佈着女人的裙子、背心、內褲、胸圍……地板上有我老公的恤衫、西褲、襪子。

「快一點……」

「嗯……」

我的腿軟了，呆着聽愈來愈大的呻吟聲及愈來愈急促的喘氣聲。

我不敢走前，直至聲音停了下來。

房門打開，老公赤條條地走出來。

他被我嚇怕了，露出一個我從來未見過的驚慌表情，而他的右手拿着一個滿載精液的保險套。

第一個開口說話的，不是我，也不是他；而是從房裏走出來的，同樣是光着身體的女人。

「我還未夠，再來一次好嗎？」那個女人從後擁着我老公，幾秒後才意識到我的存在。

她還一臉奇怪望着我說：「喔，妳怎麼突然回來了。」

好像我妨礙了他們一樣。

我腦袋一片空白，只能用僅餘的力氣轉身，衝了出門口。

可是，我很想弄清楚發生甚麼事，我還未看清楚那個女人長得怎樣。

我再次按下了大門密碼，還未按完門就打開了，穿回衣服的老公看着我：「妳先進來吧……」而裏面的女人，還在一臉不情願地把胸圍戴上……

老公很着緊地說：「她走了，我再跟妳解釋。」

那個女人離開時，不知道是有心或無意，我見到她嘴角微微笑了一下，然後在踏出門口前，回頭跟我老公揮手說：「拜拜嚕，再見。」

是我一直活在自己的朋友圈子，失去了對世界的認識嗎？怎麼這個女人連半點羞恥心都沒有？

但總算，她離開了我的家。

老公即時跪了下來，抱着頭很激動說：「對不起！我跟她沒有感情的，我愛的只有妳一個，我一時做錯了。」

他上一次在我面前跪下，是求婚；如今再次雙膝跪下，是跟另一個女生出軌，被我當場撞破。

「妳相信我吧！妳要信我只愛妳一個！」他一臉後悔，但我只覺得心很痛。這個人很噁心，我不想再聽到他狡辯，半句都不想。

「你走吧，我想自己一個冷靜。」

「妳聽我說吧……」

「是因為我無法滿足你的性慾嗎？」

「不是……」

「我不想再見到你。」

「妳冷靜點聽我說……」

「我沒拿刀殺你已經很冷靜了。」

「……」

他穿上了外套，丟下了一句：「我真的很愛妳。」就開門走了。

聽到門關上的聲音，我整個人軟趴在地上，放聲大哭。

老公會不會從此就離開了，我們的婚姻是否就這樣結束，如果我不是提早回來了，會不會就一直相安無事，三口子幸福生活下去？

這間屋裏的每一角，本來都是溫馨的畫面，但我這刻看着梳化，就聯想到他們曾在這裏激吻，把對方的衣物一件一件脱下來；看着浴室，就聯想到他們一起沐浴；看到房間的床，聯想兩條肉蟲在纏綿，那個女人的汗流到我的床褥上……

他們有在廚房做過嗎……？她一邊被插時，有沒有看着我們的家庭合照偷笑？

腦裏有很多畫面，我想着哭着，就累得睡着了。

「媽媽~妳怎麼睡在地上？」

我張開眼才知道不是做夢，老公從我媽家接了兒子回來，已是翌日。

老公站在門口，我擁着小孩說：「媽媽沒事，你先去換衣服吧。」

兒子從袋裏拿出一輛玩具車，高興地轉圈圈說：「媽媽妳看，是爸爸買給我的。」

換了是以前，我會擁着兒子，笑着跟老公說：「他又被你寵壞了。」但這刻，我很了解發生甚麼事。

「你以為把兒子帶回來就沒事？」我黑着臉問老公。

沒等他回答，我電話響起了，是我媽打來。

「我說對了吧，陪老公二人世界一晚，他就自動自覺過來接兒子耶，他還說妳平日太累，想讓妳多睡一會。他真的很有我心，買了很多補品給我，叫我注意健康，這麼好的老公妳真的要珍惜，飯餸要煮好一點，不要常常買便當。」

「嗯，媽，我知道了。」

掛線後，老公立即說：「妳不想知道我跟她怎樣認識嗎？」

「……」我很想知，卻不想面對。

「昨晚我跟同事去喝酒，他們邀請了我很多次，總要應酬一下，結果喝多了才一時做錯事，我很後悔，我真的很後悔，我不想失去你們，求妳原諒我一次吧，那個女人我根本沒上心，我連她的名字都記不起了。」

兒子換好了衣服，從房裏走出來：「爸爸來跟我玩～難得今天是星期天。」

「先一切如常，讓我們像以往一樣度過家庭日吧……」老公說後，就跟兒子回到房裏玩。

我知道我很被動，但在當時的環境，我也只能照他所說，先過了今天再算。

老公不論是在跟兒子玩耍時、晚飯時、哄兒子睡覺時，總是找機會跟我說：「我不會再犯錯了」、「只是這一次，以後都會幸福下去」、「我對妳的愛沒變」之類。

我已經三十八歲了，兒子剛剛開始讀書，老公最近也升職，如果要離婚，我又會面對怎樣的生活呢……？

「我哄他睡着。我會走的，妳不會想見到我吧。」兒子睡着後，老公又穿上了外套。

「你今晚留下來吧。」我不是原諒了他，只是出於好心。

「真的？」老公過來擁着我：「我真的知錯了。」

「別碰我。」我承認有一刻心軟，但無論怎樣，都不會在今晚就當作沒事發生。

我不想睡在他們曾經做愛的床上，所以拿了一些被子，就睡在兒子房裏。

我們真的可以重拾幸福嗎？

半夜，我的手機響了幾下，收到一個陌生的號碼傳來的訊息，頭像是那個女人……

「姐姐，我很內疚傷害了妳，這IG帳戶的照片是我跟他在這一年拍的，讓妳看完我就會刪掉。我絕對不是那些想破壞人家庭的女人，雖然我們之間

真心相愛，但我會嘗試忘記他的，真的很對不起。」

這一年……？

／1.2／一年的秘密

我按到那個IG帳戶裏……

最新的一張合照，就是前天而已，當時我在做甚麼已經沒有印象，但照片裏的他們臉貼臉，老公的笑容是我從來未見過般的燦爛，他在我身邊時總是心不在焉。

我逐張逐張照片按下去。

「有你在身邊就是好日子。」他們在看日落。

「Love Forever With You.」他們在海邊自拍。

「就算愛得不易，我還會死心塌地陪着你。」他們十指緊扣着。

「如果世界只有我倆的話，人生多好。」他們接吻。

「真愛。」他們在床上自拍。

然後我看到最令我崩潰的一張，是老公為她戴上一隻鑽石戒指，那個女人另一隻手掩着臉很驚喜似的，背景是一塊落地玻璃，貼着Marry Me 的字母汽球。

「總有一天，這個承諾會成真，我會是你的唯一。」

我哭得全身發抖，但強忍着抽泣的聲音，以免吵醒兒子。

我以為他們真的只是一夜情，我以為他們只有情慾沒有感情，但在他們的笑容裏，彷彿我才是不應存在的一個。老公從來沒有帶我去過的地方，他都帶她去了一遍。

那顆鑽石戒指是甚麼一回事？是道具嗎？他跪下來是演戲嗎？

我一直看，直至看到他駕駛着一部我未見過的私家車，不是我們的家庭車，我不自覺地哭出聲來，揉着兒子的床單。

他還為這個女人付出了多少？

「媽媽……？」兒子半張開眼問：「妳在哭嗎？」

他仍是睡得朦朧，我抹一抹眼淚再摸一摸他的額頭，他很快又睡着了。

我腦海裏全是剛剛看到的照片，要形容她的話，只可以用「暴露」來形容。她總是穿着低胸短裙，身材真的比我豐滿，腰比我幼，腿也很修長，身體每寸都散發青春的感覺。

以女人鬥女人來說，無論是打扮、身材、年齡……我都全敗，我一直引以為傲的恩愛，現在也不知道有沒有半點勝算……

他到底還有甚麼瞞着我？

我站了起來，打開房門，衝到他面前。

他換了平日穿着的睡衣，睡在梳化上，我扯走了他的被子跟枕頭，再用力拉了他的手。

「你跟那個女人到底怎樣認識的？」

「搞甚麼……」

「你坐起來！給我清醒一點！」

「我跟妳說了……是在酒吧。」

「我要聽真話。」

「我發誓呀，我真的只是一時酒後糊塗，我真的永遠只愛妳。」

「哈哈……」

看着這個撒謊撒得多麼自然的男人，我真的半哭半笑起來，我把手機扔到他的身上，他一看到是那個IG帳戶，第一反應是：「我完全不知道有這個IG……你知道我一向都不用社交軟件。」

「你不是說昨天才認識她嗎？剛剛不是要發誓嗎？難道照片裏的不是你嗎？」

「……的確是我。」

他一臉沉重，慢慢跟我解釋真相。

老公是一個電子工程師，公司全部都是男同事，上班下班也很少遲回家，回來後也只是打電動，表面上很正常。而且以他的外表，我真的從來都沒有懷疑過他，不覺得會有女人接近他。

「大約一年前，我跟她在遊戲裏認識。」

「喔……遊戲。」老實說，我沒想過是這個途徑。

「我初時不知道她是女生，因為她用她男朋友的帳戶，問我要不要出來一起玩，見到真人我才知道是個女……」

「她本身有男朋友？」

「但他們之間沒有感情了。」

「哦，我跟你都一樣沒感情嗎？」

「不是……」

「接下來呢？就上床了嗎？來了我家做過多少次？還是在那輛車上？你連車子都買了嗎？」

「……是我不對。」

「你還跟她求婚是不是？」

「只是哄哄她而已……不是真的。」

「哈……哄哄她，你有哄過我嗎？」

「我對她不是真心的。」

「我不會再信你的，我竟然差點就被你騙了，你立即走，不要再回來。」

「妳原諒我吧……我已經講出真話了，再沒有甚麼瞞着妳。」

「你走……我不想見到你。」

「那明天……」

「明天你不用來。」

明天是我爸出殯的日子，本來我以為身邊有人可以陪我面對，但原來他一直都不在我身邊。

「我早上來接妳們。」

「走……！」我不想再見到他。

這時候，兒子走了出來，老公想過去抱起他，但我擋着，沉默不語地瞪着他，他拿了銀包、手機，披上外套，只好轉身離開。

「爸爸去哪？」

「爸爸要去一個很遠的地方，可能以後都不會回來了。」

「去哪裏？」

「遲一些再告訴你，媽媽陪你睡吧。」

翌日，那個IG帳戶更新了一張照片，拍着剛剛日出的天空：「一個新的開始。」

我沒理會太多，梳洗後，就帶着兒子去殯儀館。

我爸生前沒有太多朋友，出席的人不算太多，在儀式進行了一會兒後，我看到一個身影。

是我老公。

他向着靈堂走進來。而在他背後，還有那個女人……

接着，老公的同事都陸續到場。

老公走向我說：「我不知道她會出現的，妳先不要想太多，這刻先專心處理爸爸的事，我會在妳身邊陪妳面對的。」

我怎能不想太多？那個女人已經搶走了我老公，現在連我爸爸的身後事都要踏足進來，是要宣示主權嗎？

但原諒我不想場面太難看，難道要在親友面前跟他們大吵嗎？看着爸爸的照片，他的遺體就在我眼前，我怎能不先按捺着？

那個女人緊隨在我老公身後，向着我爸鞠躬……求妳可以快點在我眼前消失嗎？

她鞠躬後走向我面前，點頭微笑，說出一句：「節哀順變。」

是說我爸，還是我跟老公的關係？

老公跟我媽說：「不好意思，剛剛公司有點突發事，人手短缺，有間醫院的電子系統出錯了要緊急維修。」

我媽一向都很明白事理，覺得男人以事業為重。而且當時已經傷心得很，只好點點頭，握着他：「沒事沒事，你來了就好，這裏就只剩你一個男人了。」

媽，其實連他都失去了。

我分不出老公在說謊還是真話，今天不是早已請假了嗎？

我很想抖一抖氣，剛好兒子拉一拉我衫袖，說想去洗手間。我握着他的小手，暫時離開了那個難受的地方。

目前就只剩下兒子的小手讓我可以安心握着，唯一一個不會騙我的人。

在我幫兒子洗手時，洗手間的門打開了，那個女人又走進來。

她照着鏡子，弄一下頭髮，再蹲下來跟我兒子說：「你很可愛耶！你今年多大？」

「妳到底想怎樣？妳來這裏做甚麼？妳以為妳會刺激到我嗎？我告訴妳我很冷靜。」我站在兒子面前，跟那個女人說。

「剛剛出門太趕了，都沒時間化妝。」那個女人拿出了一支唇膏，把嘴唇塗得鮮紅。

「……」

「妳不要太緊張嘛，我只是以同事的身份出席，這些傷感的場面，他一定很難受，我不忍心他獨自面對嘛。」

「同事？」

「對呀，我在他的公司工作一段日子了，大家都待我很好。」

我深吸了一口氣。

「看來妳還有很多事未知道呢。」

「妳知道嗎？我由他甚麼都沒有時一直支持他到現在，妳為甚麼要搶走他呢？」我的情緒到了極點，終於忍不住想知道原因。

「就是喜歡呀。感情這回事，又不是我們能控制，而且不是我搶的，是他一直約我出去。」

……老公又再騙我嗎？他的公司不是只有男同事嗎？到底是遊戲的網友還是怎樣……我的頭痛得快要炸開。

那個女人今天穿了一條黑色長裙，但我仔細一看，她的乳頭凸起，內裏沒有穿胸圍。

她也發現我盯着她，摸一摸胸部，不經意地說了句：「哎，好像漏了在車上。」

我腦海裏，立即出現老公跟她在車裏纏綿的畫面，就是因為這個原因所以遲來嗎？

「妳呀。」那個女人突然很認真地看着我說：「不要以為我年輕就甚麼都不懂，我在他的事業也幫了他很大忙，我可不想將來成為一個只懂做家務，身材走樣了，每晚睡在老公旁邊，還以為自己家庭很幸福的女人，這樣跟鐘點女傭有甚麼分別？」

我說不出話來。

她抿一抿嘴唇，從鏡裏看着我：「不過，以姐姐妳的年紀，也不算太差，把頭髮染一染，那幾條白頭髮應該就不會太明顯了。」

「妳出去後，請妳不要回去靈堂，我們不歡迎妳！」

「我有個提議，不如明晚我們三個當面講清楚好嗎？不要只聽妳老公一面之詞嘛，妳也想知道他在我面前會說甚麼吧？但妳承受到嗎？我不想再令妳受傷，雖然我們都是受害者。」

「好呀，上來我家吧，妳應該很清楚怎樣來。」

「哈哈，的確是。」

我沒有退縮的餘地。

我帶着兒子回到靈堂，那個女人沒有再出現。我看到老公在我爸的遺體前哭得厲害，我知道他不是演戲的，因為他跟我爸每個星期都會去釣魚，兩個人感情很深厚。

但明晚，我一定要揭穿他的另一面。

就算會有多傷心，我也要面對真相。

／1.3／沒有預料的對質

要當面對質，說實話，我沒有信心夠膽當場臭罵他們，我怕我聽着老公的罪行，再加上那個女人故意刺激我，我只會一直哭。

難道，我還能期望老公站在我那邊，跟我一起指責那個女人嗎？

翌日早上，我約了一位好朋友，當年結婚時她就是我的伴娘。

我和老公的事情太難開口了，我嘗試帶起「出軌」的問題。

「最近出軌的明星真多，如果發生在我們身上，都不知道怎麼辦了。」

我朋友一向是個話很多的人，甚麼話題都可以大笑起來，但她一聽到我提起出軌，面色立即沉起來。

「上個月……我發現老公召妓。」

「……怎麼發現的？」

「真希望他不要那麼大意，笨到連約炮的訊息都忘記刪掉。」

「上個月嗎……？」

「嗯，我發現的就只是一次，沒發現的應該有更多。」

上個月……她才剛剛誕下第三胎。

「他說一時忍不住，答應我不會再有下一次。」

「哎……」

「他問對方：『全套多少錢？』對方答：『$700』，他再傳：『好，一會兒上來，服侍得我舒服點呀』。」

「他有否認嗎？」

「我當晚拿着手機哭着問他，他初初還說是正當按摩，但問多幾次就承認了。」

「妳會提出離婚嗎？」

「我怎麼離？有三個小孩……他說沒有下次。」

「妳相信他嗎？」

「我不想失去他。」

想不到這樣的事會發生在她身上，她老公是「好好先生」，一副老實樣，平日他們很恩愛，前幾天才找攝影師拍了一輯家庭照，兩個都笑得幸福。

我也不好意思坦白我的情況。

走前，朋友跟我說：「我可能有一段時間都不能出來了，想陪老公多一點，妳有甚麼事就傳訊息給我吧，其他人常常問我妳的近況。妳在群組回應多些，更新多點IG吧。」

「嗯……我有空就更新吧。」

說起IG，我只想到那個女人的帳戶。

但朋友說得對，我的生活就只有老公跟小孩，手機裏的照片全都是兒子及老公，平日看看電視都會睡着，又怎有心機經營社交平台呢。

於是我想更新一下IG，但是……連一張漂亮一點的單人照都找不到，只好換了一張我抱着兒子的頭像。

腦裏又想起那個女人的一句：「一個新的開始。」

是老公決定跟她一起，所以她才這麼有自信地出現在我面前？

回家後，我不停思考今晚要說甚麼，腦裏還模擬了當刻的場面。

她一進來，我就摑她一巴，趁她還沒反應過來就罵她賤人……想着想着我居然苦笑了起來。我還對着鏡子看看自己罵人的樣子夠不夠兇。

時間快到，我的心跳加速，有種不想面對但又要迫着面對的矛盾。

我看到大門打開，走進來的……就只有老公？他看到我也一臉茫然。

「她還未來嗎？」老公問。

「你真的要問我嗎？」

「那我們等一下吧。」

「你站在門口，別過來。」

「兒子在嗎？」

「在我媽家。」

我倆突然變得像陌生人一樣。平日無論多寡言，他都會過來擁着我，我會問他今天工作辛不辛苦。但現在他只低着頭，不時看看手機，一眼都沒有看過我。

我對他來說，就真的只剩下談判嗎？他連最後獨處的解釋機會都不爭取嗎？

他的無名指……他已經把婚戒脫下來了。

而我的還牢牢戴上，事情發生一段時間，我竟然一刻都沒有脱下婚戒的衝動，大概是已經是習慣，沒有特別察覺它存在。

再等了大概一個小時，正當我想開口怪責，門鈴響起了。

他立即很着緊地打開門，但踏進來的，除了她以外，還有另一個男人……！？

那個女人的臉上有點瘀傷，一進來就哭着，而那個男人，看上去二十多歲，打扮很隨意，穿着T恤牛仔褲。

「就是你吧？」他氣沖沖地走向我老公。

「我想在來這裏之前跟他坦白清楚講分手，但是……他很激動説要跟着我。」那個女人半靠着我老公，想向他解釋。

我老公立即擋在那個女人前面。

「你不要再傷害她。」

他們三人站在門口，而我彷彿是個外人；本來想好的對白，說好要摑她一巴，通通都沒有發生。

不是要當面對質嗎？怎麼她會以一副受害人的姿態出現？她才是搶人老公的第三者呀！

不是親眼看見，我幾乎都不知道老公有這麼英勇的一面；但不是保護我，而是其他女人。

「你想怎樣？」老公問男人。

「你們不是要把事情講清楚嗎？我是她的男朋友，難道不能在場嗎？」

他提高聲線，那個女人就像受驚似的，緊緊握着我老公。

「妳是他老婆吧？妳不是想知道他們有多淫賤嗎？」男人轉過來看着我。

他沒等我回答就向我走來，坐在梳化上，而老公則牽着那個女人也坐了下來。

「幹！你們還要牽手？要不要當場做愛呀？」男人十分生氣。

原定的三人會議變了四個人。當我在想怎麼開始話題時，男人就很激動地說：「妳知道他們在外面租了一個單位嗎？就在公司附近，方便午飯時間上去。」

我瞪着老公。

「我已把他們的對話偷偷備份了，妳先看看吧，遲一些將完整的傳給妳。」男人再說。

我拿着他遞給我的手機，隨意地看了幾句。

「你討厭你老婆嗎？」

「嗯。」

「你現在想見我嗎？」

「想天天都見到妳。」

「那快點離婚。」

「我也想，但我擔心兒子。」

「就別要他呀，反正我會跟你生一個更可愛的。你老婆這麼醜，基因這麼差。」

「哈哈，妳真壞，但有道理。」

「我要看你的『那裏』，快拍照傳給我。」

「怎麼？很精彩吧？」男人問我。

老公搶着說：「不是我的真心話……」

「你真是……敢說不敢認，妳就是愛上這種廢男人要離開我嗎？」男人大笑。

他一臉憤怒地看着那個女人。

但那個女人在他們面前，總是一副可憐的表情，跟在我面前的時候完全不一樣。

本來我以為大家會像潑婦一樣對罵，在道理上她根本理虧，但她根本沒有這個想法，一直沉默，站在不敗之地……

我想起了一個問題。

「他們是同事嗎？」我問男人。

「妳老公是個大好人，介紹她去自己的公司工作，實情想方便見面。」男人冷笑了。

我望着老公。

「當時剛巧公司想請個辦公室助理……」老公回答。

為了這個女人，老公買車、租樓，還要做同事……真是發展得順利。

那個女人在老公耳邊說了甚麼，老公就站了起來：「她不舒服，想去醫院。」

「裝甚麼？」男人擋住了老公。

「如果你再打她，我也會對你不客氣。」老公說。

那個女人一直都沒有看我一眼，就在踏出大門時，一臉得意地回望我，眼神彷彿贏了甚麼似的。那個男人也跟着出去，在走廊依然爭執着。

而我只是靜靜地關上門，然後直接坐在地上。

難道一切就這樣結束了？

我的婚姻就以一場鬧劇告終？

當老公、那個女人、女人的男友，全都離開我家後，我坐在地上，看着手機裏老公傳來的一句：**「對不起，等我回來再說。」**

他的對不起，我已經沒有感覺，更不想見到他再回來。

面對現在的局面，似乎沒有人在意我的感受，那兩位出軌的人無論對我說甚麼，都只有傷害。

我呆看了手機幾分鐘，按進IG時，收到了一個足以令我暫忘傷痛的訊息。

/ 第二章 /

再見

愛你是孤單的心事

不懂你微笑的意思

2.1 想見妳

「妳終於換了新頭像嘛，一直不更新，我差點就忘記妳了，哈哈。」

我按進他的帳號裏，他比我認識他時憔悴了一點。他明明跟我同年，卻只是多了幾條皺紋，反而多一份成熟男人味，真是不公平。

「嗯。」我回覆了他。

跟老公一起後，已經很少跟其他男人聊天，而此刻我也沒多好的心情，所以回覆得很冷淡。

我再看看他的照片，原來他也結婚了，有一個女兒，老婆也很漂亮，是那種很高眺的氣質型女人。哎，明明大家都是媽媽，為甚麼她能夠這樣高貴。

看到他們三人的幸福家庭照，我也想起我的，不過已經失去了。

照片裏的景色像外國，原來他已移民了。如果當年我選擇了他，現在照片裏的會不會是我呢？

「事情有點突然，我要向妳求救，妳明天有空見面嗎？如果妳的老公介意，他也可以一起來呀。」他又回覆了我。

「你不是在外國嗎？」我問。

「我前幾天回來了，立即就想到妳。」

「明早我送完兒子上學後，可以見面。」

「太好了，我記得妳很喜歡吃甜品，但我不太熟這裏，我看看食評，挑好餐廳後再告訴妳地點。」

「嗯，謝謝。」

「明天見！很期待！」

是不是我太敏感了？為甚麼他的訊息有點曖昧，如果他的老婆看到一定很生氣，是不是每個男人都一樣？不過我老公傳給那個女人的，噁心更多……

一大早，我去我媽家接回兒子，送他上學，再去見這位差不多十年沒見面的男人。

我打開衣櫃，想稍為打扮一下，很頭痛……幾乎全部衣服都是舒服、鬆身為主……他的老婆有氣質又高貴，萬一她也會來，我就比下去了。

照着鏡子，我腰間有贅肉，腿又粗，手臂又肥，還真的有幾條白頭髮……我竟然信了老公那一句：「老婆胖一點很可愛。」

最後我放棄了，還是只能走休閒風格，選了一件稍為鬆身的T恤配牛仔褲，化了一個淡妝，塗了口紅，感覺好像也不錯。

但比起老公那個女人，想起她又青春，身材又好……心裏又覺得難受。

我準時去了他約我的地方，是一間很浪漫的咖啡廳。但過了半小時才收到他的訊息。

「對不起，我遲了，現在趕過來。」他還像以前一樣不負責任。

再過一會。

「哎，對不起，妳等了很久吧。」我身後傳來熟悉的聲音，他牽着一位小女孩出現。

「抱歉，本來答應照顧她的阿姨突然生病了，我只好帶她一起來，剛剛她想上廁所，但又不想跟我去男廁，我哄了她很久，所以遲到了。」

「不要緊。」

我很自然地摸摸他的女兒，再跟她說了幾句，然後她坐着畫起畫來。

「你女兒跟你一樣喜歡畫畫，或許會跟你一樣修讀藝術，做畫家吧。」

「我很久沒有畫了，間中接一些平面設計的工作，主要都是打理餐館為主。」

我們聊起近況，他在外國經營餐廳，我笑說我主要的工作是看電視。

自從前幾天的事後，我第一次輕鬆地笑起來。

中途，他的女兒又再說要上洗手間，這次由我帶她，很順利。

「幸好有妳幫忙，不然她又哭了，妳兒子乖嗎？她常常都嚷着要個弟弟。」

「嗯，他很乖……」

一聊起兒子，我又想起老公，心情沉重起來，他似乎也察覺到。

「妳是不是有甚麼事？」

「沒甚麼。」

「跟我說吧，妳瞞不到我的，妳每次有心事，笑容都很勉強，就像現在這樣。」

我也很想找個人傾訴，也很想聽一聽男人的意見，於是把撞破老公帶女人回家，以及偷情一年，甚至昨天的四人對質都跟他坦言。

說了出來，好像舒服了點。

我以為他聽完就罷了，誰不知他卻很激動地回應：「這種男人一定不可以原諒。」

「他一開始就想騙你，連坦白的勇氣都沒有。」他又說。

「這種男人可以托付終身嗎？」

「妳覺得自己還可以再信他嗎？他得到妳原諒後，絕對會再犯！」

「在他跟其他女人做愛時，心裏已經沒有妳了。」

「出軌的男人絕對是廢物、渣宰、垃圾！」

「他不配有妳！」

差點整間咖啡廳的人都看着我們。

我記起他為甚麼如此激動，他的爸爸在他很年幼時，離開了他們，跟另一個女人生活。他的媽媽幾十年來都一直放不下，每天都過着抑鬱的生活。

「妳不是會再給他機會吧！？」他問我。

「不會的……」

他冷靜下來後，也有點不好意思，說自己太多主觀情緒。

「看到你的照片時，我其實有點羨慕，尤其是你老婆真的很美很高貴。」我嘗試轉換其他話題。

他替女兒抹抹嘴角的蛋糕，再看着我說：「她在一年前離開了。」

「她是因病離世的，我慢慢習慣了，只是女兒心情還很差，這次回來就是帶她見一見親戚。」

「……抱歉。」

「不好意思，我還跟你分享我的事……」

「妳不要再道歉了，放心，我相信她也不想我整天一臉傷心，所以呀，妳老公應該要珍惜妳。」

「或許我不夠吸引吧。」

「妳等等我。」

他在女兒耳邊說了幾句，她點點頭後，在畫簿撕下了一張紙，再把紙及鉛筆遞了給爸爸。

他低着頭，很投入地畫，我也趁機把蛋糕及咖啡喝完。

大概二十分鐘，他說了句：「完成！」

他把畫紙遞了給我，畫裏的人是我。

「你把我畫得太好了，還像個少女一樣，比修圖更不可信。」

「這是我眼裏的妳呀，自信一點吧，妳依然很漂亮，就像以前一樣。」

我的眼眶又紅了起來，但這次是有點感動，很久沒有人認同過我，尤其現在我的自信掉到谷底。

他站了起來去結帳，回來後跟我說：「也是時候走了。」

看着他抱起女兒的樣子，怎會想到當年吸引全學系女生的男生，現在變了一個看着女兒都會甜笑的男人。

「這間咖啡廳的食評應該是假的，還是妳做的蛋糕較好吃，有機會再做給我試吧。」走前，他跟我說了這麼一句，我笑着說了句好。

前幾天，我才做過一個給老公吃，他匆匆吃完就去打遊戲了。

接完兒子，回到家後，當我坐在梳化休息時，我摸到一條鎖匙。

絕對不是我家的。

／2.2／錯的是妳

回想一下，昨日是那個女人坐在這個位置，這條鎖匙，難道屬於老公跟她合租的單位？是她故意留下來讓我發現嗎？

我一定要想辦法查出他們的單位，就算要冒風險，我也要去看看他們偷情的地方。

正當我想翻找老公的文件看看有沒有線索時，他回來了，一個人。

「如果我答應以後不見她，妳會再給我一次機會，三口子重拾幸福嗎？」他頭髮淩亂，衣服還是穿着昨天的。

老公走到房裏想換衣服，我叫也叫不住他，當他走近時，我才嗅到一點酒味。

他平日很少喝酒，半醉的他想擁着我：「老婆，我真的很愛妳，現在只剩下我們了，可以讓我好好解釋？」

「你聲音小一點，他已睡着了，別吵醒他！」我看着兒子的房間。

「我要去抱他，我一回家他就嚷着要我抱的。」他推開了我。

我從來都沒試過這麼討厭他，他像變了另一個人；或者結婚多年來，他在我面前都不是最真實的那一面。

他的情緒起伏很大，走進兒子房裏，就把臉靠着兒子哭起來。

「我不想失去你們，我知道錯了，你叫媽媽原諒我吧。」

「你要解釋就出去解釋，不要再碰他。」兒子被他吵醒了，我跟老公說。

「真的嗎！妳願意聽我講，太好了，我一定會坦白。」

我只是想快點打發他走。

「其實妳也不想失去這個家吧？不然妳現在就不會這麼苦惱。」他坐在梳化上問我。

「其實我們已經沒甚麼好說。」我根本不想回應他。

「妳想知道甚麼？隨便問我，我一定答。」

他想握着我的手，我整個人向後閃開。雖然我很想他快點消失，但有些問題，如果我不問出來，永遠都會壓在我的心底裏。

「我多年來為你的付出，都不及她的好嗎？」

老公「唉」了一聲。

「不是妳不好，而是兩者的感覺不同，就是妳為我付出太多，我跟妳一起有時很大壓力……」老公說。

「壓力？哇！真的辛苦你了。」

「但跟她一起時，我整個人都放鬆了，完全不會有煩惱，對妳的是感情，對她的是愛情，但我很清楚妳才是我老婆，我依然愛妳的。」

我已經不懂怎樣表達我的憤怒，他應該真是醉了，若然一心回來求情，會說這些話嗎？

「算了，我不想再聽。」

「我只是想彌補我犯的錯！妳可以嘗試明白我嗎！？我也要失去家庭，妳覺得我很好受嗎？」

「嗯嗯，最痛苦是你了。」

「就是妳這種自以為是的態度，才迫得我要去找另一個。」

「你可以走嗎？」

「這也是我的家，房子是我買的，要走妳走吧。」

我一時間無法回應，我有預期過，他最終會用這一點來反駁我，只是我短時間內處理不了這個問題。

他真的很可悲，挽回不了就想迫我屈服。

幾分鐘的沉默後，他擺出勝利者的姿態，一臉得意地說：「所以如果妳原諒我，一切都回復以前，妳也不用離開，我會好好照顧你們，答應我吧？」

我避開了他的問題，反客為主：「你跟她做過多少次？」

「哪有人會數着……幾多次重要嗎？妳知道又如何？」

「無論是一次還是幾十次、幾百次，我都不會原諒你，你要我走，沒問題，我明天就會帶兒子回去我媽那裏，其他手續再處理。」

「甚麼手續？」他不可置信。

「離婚。」

我終於說出了這兩個字。

曾經的幸福，多年的感情，原來到最後花幾秒就總結了。

我以為我會很痛，但原來最痛的一刻，是沒有甚麼感覺。

他沒有回應我，突然很緊張地看向手機，我瞄了一眼，看到了其中一句是：

「我在你家門外。」

他立即站了起來，走向大門。雖然我的視線根本看不清門外，但單憑門外的聲線，我已經知道是那個女人。

「妳怎麼來了。」

「我擔心你嘛。」

「沒事，醫生不是叫妳要好好休息嗎？妳要乖乖聽話。」

「對不起，剛剛不應該發你脾氣，不應該隨便講分手，叫你回家。」

「妳原諒我就好了。」

「你跟她說了嗎？」女人問老公。

「嗯，她自己提出了離婚。」

「你會不會後悔？要是你想跟老婆一起，我可以退出的，真的不緊要。」

「有甚麼好後悔？」

「你對我是最好的，我愛你。」

「我也愛妳，以後就算再發脾氣，都不要趕我走了。」

「那我們回去吧？」

「我的車匙在裏面。」

他急步走回來，在桌上拿起了車匙，望着我丟下一句：「妳不原諒我，我沒所謂。」

他笑着走了，我分不清是冷笑，還是因為那個女人而甜笑。為甚麼總是這樣子，可悲的應該是他們，而不是我！

他跟我的最後挽回，是因為她鬧脾氣吵架嗎……哈哈。原來這段婚姻不是鬧劇，而是笑話，她的出現，隨意奪走我一直的幸福。

我坐在梳化上，直到天亮，想着之後要怎樣走下去。

／2.3／浚平

「我是浚平，這是我的號碼，妳存起來吧。昨天能夠再見到妳很高興，有事隨時找我。」

原來在昨晚，當我跟老公爭吵期間，從前的他曾經傳過訊息給我。

他這個訊息，令我想起他追求過我的回憶，當初沒有選擇他，是因為他身邊圍繞太多女性，讓我很沒安全感。

幾乎是十多年前了，他怎麼還要再找我？他本來找我的急事是甚麼？

我把他的號碼儲存為「浚平」，再傳了他一句：**「你不是說有急事找我我嗎？」**

隔了一會，他就回覆了。

「急事就是想見妳，哈哈，説笑，昨天見妳心情不好就不説了。其實我想幫女兒買些裙子，她總説我買的都很醜，所以想找個人幫我選。」

「嚇死我了，還擔心你發生甚麼事。」

「其實買裙子都是編個藉口，真的是想見妳，今天有空嗎？」

本來想答他可以，但照着鏡子，看到自己因為跟老公吵了一晚，臉色很差，而且我也想冷靜一下，陪兒子多點。

「今天不太方便，明天好嗎？」我問他。

「絕對好！期待！！！」他秒回：**「我會預約好餐廳，而妳也要準備我熟悉的笑容。」**

他一點都沒變，以前跟每個女生對話都帶着曖昧，這是我對他卻步的原因。

但是，他的老婆離開了才一年，就約我出來，他真的放下了嗎？還是我想多了，他真的只是想回來後，找個熟悉的人來幫他忙而已，或許他也有找其他朋友。

我拿出了全衣櫃最漂亮的裙子，但真可惡，拉鏈已經拉不上了，今天全日都不吃東西，希望應約當天會顯瘦一點……

當我看到放在桌上的鎖匙，我的好奇心又再湧現，走到老公的書房，找找有沒有租約、信件之類……找遍了整間屋都沒有，就算他有多不小心，也不會笨到把送去那間屋的信帶了回來吧……

要怎樣才找到他們的地址呢……

我想到了一個人，一個跟我同樣不甘心受傷害的人：那個女人的男朋友。

要找他出來是一件很簡單的事，因為在那個女人的IG裏，每張照片都有類似「狗男女」、「賤女人」、「快點去死」的留言，會像我一樣憎恨他們的，應該就只有他一個。

我立刻就傳了訊息給他，而他也很快就回覆了：「**我等妳好久了。**」

我把找到鎖匙的事告訴了他

「**太有趣了，我現在過來找妳好嗎？**」他問我。

這個人太危險，而且我對他毫不了解，即使我們有共同敵人，也不會衝動到讓他過來我家。

「**到外面傾談比較合適。**」

「**甚麼時候？**」

明天我約了浚平，但是要見這個男人也不用在意臉色差的問題，送了兒子上學後，可以見一見他。

「**今天中午？**」我提出。

他約了我十二時半，在一間我未去過的咖啡廳。

那個女人的IG帳戶又更新了。

「能夠遇上對的人，就要抓緊幸福。」她笑着自拍，配上一個令人很討厭的笑容。

不能再折磨自己了，我要在一星期內解決這件事，希望人生可以重新開始。

為了盡量不影響兒子，我送他上學後，先去找我媽一趟，拜託她暫時照顧一下孫兒。我也買了她愛吃的補品，即使沒有女婿送禮，她還有我這個女兒。

我一打開門，我媽就嘮叨。

「妳回來坐坐就好了，不用花錢吧，上次兆唯買的，我還未吃完。」

我在爸爸的照片前鞠了個躬，在心裏跟他說了句對不起，上次出殯被人影響了心情，我無法專心替爸爸送別。

「媽，妳可以幫我照顧兒子幾天嗎？」

女人跟女人之間的直覺很準，作為我媽，她立即就察覺到我的心情。

「妳跟兆唯是不是發生甚麼事？夫婦吵架很平常，大家互相體諒嘛。」

「不是吵架那麼簡單……」

我媽是浚平以外，另一個我可以放心傾訴的人，在她面前我不用裝堅強，不用強忍。於是我就流着淚把老公跟女人偷吃一年，一次又一次傷害我的事，毫無保留地說了出來。

我媽一向都是個傳統女人，一直教導我要忍讓，要做個好老婆，謹遵三從四德。

她一定會反對我離婚吧？

我媽很激動，站了起來。

「妳一定要跟他離婚！」

「媽，妳支持我？」

「如果妳爸還在，可能已經拿刀去砍他了。哇，我真想不到他竟然做出這種事，上次還有面目來見我，他連我也騙了！」

「我還以為媽妳會叫我容忍他……」

「妳媽不是那麼守舊，女人是要容忍體諒，做個好老婆，但大前提是對方是個好老公。他做得出這種事傷害妳，已配不起妳的愛了。而且，妳是我的女兒，難道我會支持他不支持妳嗎？妳搬回來住吧，不要再受氣，媽一個人在這裏也很悶，我有你們陪着，也可以互相照顧。」

在媽面前，我果然還是個女兒，像以往每次受傷後，擁着她一直哭一直哭。

哭過後，約了那女人的男友的時間也到了。

走前我媽再擁了我一下，跟我說：「媽會支持妳的決定。離婚了，就做回一個幸福的女兒吧。」

他約我的地點是一間頗有名的咖啡廳，充滿浪漫氣息，大多數都是年輕的情侶來這裏約會。

我這位媽媽顯得有點格格不入。

侍應問我幾多位用餐。他應該來了吧，可是我望了全場一遍也看不到他的身影。上一次見他，是個金髮、穿着T恤及牛仔褲的年輕人。

我致電了他，他說已經到了，我見到有個人轉身跟我揮手。

我坐了下來，看到他的裝扮，難怪我認不出他。他戴着一頂漁夫帽，穿着一件碎花的襯衫，外搭一件長褸。文青風格的裝扮，跟上次見面的衝動暴力男，簡直判若兩人。

他把讀着的小説合起來，喝了一口咖啡，再跟我説話。

「妳知道嗎，妳現在坐的位置，就是妳老公跟我女友第一次見面時的位置。他們就是在這裏見面。」

「……來這裏有甚麼特別意思嗎？」

「妳想像一下，當我們為生活默默努力，妳在家照顧兒子時，他們就在這裏靠着對方，觸碰對方的身體。親身來到這裏是不是感到很真實呢？」

「其實我應該怎樣稱呼你。」我好像還未知道他的名字。

他説話的時候，一點都不激動，氣定神閒，心裏像有很多計劃。

「妳叫我米高吧，這不是我真實的名字，只是我的遊戲帳號名，妳不介意吧？」

「喔，不介意，這就是我找到的鎖匙。」我邊説邊從手袋裏拿出那條鎖匙。

他立即就告訴了我他們的地址。

「你怎麼知道的？」

「我女友跟妳老公不一樣，妳老公要把事保密，但我女友不怕讓我知道，她就是要傷害我。租約、水電，所有雜項都是由她登記。」

我看着信上的地址，的確是在老公的公司附近。

「你一早知道的？」

「我偷偷上過去好幾次了，如果妳想去，我可以帶妳。」

「我以為你上次是第一次見到我老公。」

「的確是第一次面對面。」

「那……謝謝了，我們之後再聯絡吧。」

「先不用急着走，妳不想知道我跟她的事嗎？」

本來我沒打算跟米高交心，只想問他知不知道老公跟女人的住址，但他畢竟也是跟我直接面對一樣經歷，身受其害的人，互相傾聽或許會讓大家釋放一些負面情緒。

「你跟之前我看到的你，感覺好不一樣。你慢慢說，我們聊一下也是一件好事。」

米高拿出了手機，跟我展示了一張穿着校服的學生照。

「這是八年前的我們，很青澀吧？」

照片裏，那個女人不像現在濃妝豔抹，像個鄰家女孩，而在她旁邊的米高擁着她，笑容也很陽光。

「原來你們是同學。」

「嗯，小萱跟我都是大家的初戀。」

「原來她叫小萱……」

「妳一直都不知道！不過我也不知道妳老公的名字。」

他苦笑着，我告訴米高，我老公叫黃兆唯。

米高又再展示其他相片，是他們怎樣一起長大、旅行去過的國家、平日約會的親密照，直至一年多前。照片裏的她，我也不太認得出，兩人是文青系情侶，跟我見過的她反差很大。

坐在我對面的米高，彷彿也找到了一個可以傾訴的對象，突然很激動地跟我說對不起。

「小萱出軌的事，我有份造成……是我害了她，也害了你們一家人。」

「不會吧，你不用自責。如果照你所說，我也沒有看管好老公，難道我也要負責任嗎？實情是他們做錯事，要計清楚的話，無論如何他們的責任都是最大。」

在安慰米高的時候，我也被自己的說話提醒了。

米高跟我聊起他的過去，他在大學修讀電影，一直很希望能夠執導一部屬於自己的電影。但畢業後，一直也想不出好劇本，賴在家裏也找不到工作，只是偶爾當個助理，幫忙拍攝一些廣告短片。

「情緒不好，我待她也很差，每天都不停罵她，怪她妨礙了我的發展，一直數落她。」

「但她也不至於……要搶人老公吧，世上的男人有很多。」

「妳會跟老公離婚嗎？」

「嗯，我會。」

聽到我的決定，米高變得異常激動。

「不要！妳千萬不要離婚，妳要讓老公回來妳身邊，那小萱都會回來我那裏，甚麼辦法都好，我不會讓她離開我的！」

他很用力地握着我，握得有點痛，神情也很詭異。

「無論怎樣，我都會把她留在我身邊。」他放開了我的手，從袋裏拿出了一個外置硬碟，放在枱面上。

「妳拿回家看看吧，裏面的內容，妳也有權知道，但有沒有勇氣看，就妳自己決定了。」他站了起來說。

離開前，他的笑容又回復了溫暖。

「相信我，真的，不要離婚，妳一定會後悔。」

我拿起了那個外置硬碟，放進手袋裏。

/ 第 三 章 /

復 仇

只能像一朵向日葵
在夜裏默默的堅持

3.1 熟悉的笑容

兒子回到我媽家，我也獨個兒回去那個不知道還算不算是我家的地方。

外置硬碟的內容，我暫時不敢看，也不想影響我明天見到浚平的心情。

一整天沒有吃東西，那條最漂亮的裙子依然穿不上，世上果然沒有身材變好的捷徑。

今天不用送兒子上學，我花多了一點時間化妝，也捲了頭髮，看着鏡子裏的自己笑起來。就算不夠別人青春，身材不夠人好，悉心裝扮自己，心情原來也好一點。

「你還未告訴我見面的地點。」我傳了一個訊息給浚平。

「妳家的地址是？我來接妳。」他很快就回覆了。

我有點驚訝，但當我告訴他地址後，大概十五分鐘，門鈴就響了。

終於有一次，當我走去打開大門，心情不是沉重，而是期待。

浚平穿了一件西裝外套，身材高大的他配搭一件深藍色恤衫，就已經很好看。

「你穿得這麼斯文，我好像太隨意了……」我不好意思。

「怎麼會呢，妳的捲髮很襯妳。」

他定睛地看着我，看得我有點害羞，我們保持着一點距離，並着肩走。

他從褲袋裏拿出了一條車匙，向着泊在路邊的一輛白色房車按掣。

「你買了車嗎？難怪你這麼快就到我家。」

他替我打開車門，示意我上車。

「不是買的，租而已，照顧女兒有車比較方便點。」

「早知我借我家的車給你吧，反正放在這裏也沒用。」我坐在他的副駕座說。

老公已經擁有另一部車，這部他應該不會再要吧。

浚平確認我戴好安全帶、座位高低是否舒服後，啟動引擎，再跟我說：「我不喜歡你老公那一架，一看就知道他不是個愛車之人，我想用我喜歡的車載着對我重要的人。」

他是指女兒吧。

「你女兒呢？我們不是去替她挑裙子嗎？」我問浚平。

「今早我阿姨幫我帶她出來，她們現在在商場，我過來接妳後再去會合她們。」

浚平剛從外國回來有點不熟路，顯得有點緊張；我也沒再說話，偶爾偷看他專心駕駛的樣子。

泊好車後，停車場的位置實在有點窄，開門下車都很困難。

「妳等等我。」浚平叫停了我，自己下車後，再過來我的一邊，替我打開了車門，再向我伸手，我很自然地握着了他，慢慢下車。

他有點不好意思地說：「早知泊一個較寬的位置吧。」

我在心裏想，如果我瘦一點就好了。不知道老公是否也有幫那個女人開車門呢……雖然只是件小事，卻令我有點心不在焉。

「我不是叫妳準備熟悉的笑容嗎？不要想那些對妳不好的人了。」浚平或許察覺了我的心情，柔聲對我說。

我笑着點點頭，將燦爛的笑容維持了幾秒：「這樣夠熟悉了嗎？」

不久就見到女兒和阿姨。

浚平一見到女兒就將她抱了起來，身邊的阿姨把小背包遞了給浚平，轉身跟我打招呼就離開了。

「今天帶了位姐姐陪妳買裙子。」浚平向女兒笑說。

「是姨姨了吧。」我臉也紅了。

「不好意思，每次都帶着女兒出來。」

「我不介意呀，我們都習慣了吧，沒有小孩在旁反而不慣。」

「不知道為甚麼，妳在旁時她就不會鬧脾氣，如果只有我一個，她現在就已經哭了。」

我替她選了幾條裙子，每一條她都點頭說喜歡。

「原來不關裙子事，是人的問題，妳手上的款式我早幾天才買了，但她一直不想穿。」浚平笑說。

買完裙子，她握着了浚平的手走着，她在我們中間，三人並着肩走。

忽然我的手感到微溫，她伸出了另一隻手握着我。雖然有點突如其來，但我也不好意思鬆開，就讓她牽着走了一段路，浚平跟我做了一個不好意思的手勢。

但我心裏其實一點都不介意。

浚平一直沒有開口説話，可能他心底裏也想起了妻子，畢竟他跟我不一樣，他的老婆並不是「那些對你不好的人」。

「妳跟老公怎樣？他有找妳嗎？」去到餐廳坐下，他才再開口。

我把他昨晚突然回來，又突然離開的事跟他分享。

「還好妳選擇了離婚，沒有讓我失望。」

「不過，不知道自己能否習慣新生活。」

「呃，我有個提議。」

「又有急事嗎？」

「哈哈，我朋友是舉辦烹飪課程的老闆，正在找甜品導師，妳有興趣嗎？」

「我不行啦，又不是專業的廚師。」

「課程都很輕鬆的，因為是免費，都是一班聯誼居多的太太，但導師會有薪金的。先客串一下吧，妳擔心的話，我可以去做妳的助手呀。」

浚平再說出了一個很實際的原因。

「妳之後可能需要錢，或許這是個開始，機會很難得呀。」

既然決心有新開始，我也不能太猶豫。

「好呀，給個機會你做我助手。」

「不過……」浚平繼續說：「雖然是朋友，但他都希望先試一試味。」

「哎……那可能會不請我了。」我對自己沒信心。

「妳做的蛋糕是我吃過最好味的，外國的酒店都比不上呀。」

雖然不知道他說的是真是假，但有個人哄哄自己，都令我暖暖地笑着。

我想起了一條很重要的問題，由見面一刻就想問：「對了，這次你會回來多久？」

「半年至一年吧，待女兒的心情好一點再回去。」他漫不經心地說。

「半年……很快過而已。」

「或許會有重要的人讓我想一直留下吧。」他看着我說。

他的手機響起，是他的阿姨跟朋友吃完飯，回來再跟他們回酒店。

我想一個人散步走走，所以叫浚平不用載我回家，小朋友也累了早點回去休息。

「有甚麼事，隨時找我。」他上車前說。

「嗯，知道了。」

「回到家再跟我說聲。」

這一次，他沒有說甚麼甜言蜜語，我卻感到很安穩，因為他的那一句隨時找我，是以很認真的表情說出來。

3.2 短訊截圖

回到家後，心情很愉快，看着桌上的那一個外置硬碟，想起米高那一句：「裏面的內容，有沒有勇氣看，就妳自己決定了。」

我想，現在的我，絕對有勇氣面對。

「我回到家了，謝謝你今天的安排。」傳了訊息給浚平後，我把硬碟連接了電腦，打開了一個名為「對話截圖」的檔案。

內容當然是老公跟那個女人的對話，一年間的對話紀錄非常詳細。截圖的那一方是那個女人，她把我老公的電話號碼儲存為「老公寶貝」。

換着是以前，我一定急着由頭看到尾，想找出到底老公還愛不愛我，到底我是哪裏做錯了，到底那個女人有甚麼吸引之處。

但既然決定了離婚，沒所謂了，就隨便按幾張對話出來看看，當看清現實。

隨意打開一段對話，就見到那個女人傳了一張咬着安全套包裝的自拍。

「今晚見不到你真可惜，等我還買了幾盒，都用不着了。」

「哎……真想趁老婆睡着過來找妳。」老公回覆她。

「真的？快點過來陪我。」

「沒可能啦，今晚又要睡在母豬旁邊了。」

「慘，豬場很臭，我這裏很香。」

女人傳了一張半裸照給老公。

「拜託別再引我了。」老公投降。

「至少我引到你。」

「引不住了我就跟我老婆做啦。」

「你試試！做完以後別再碰我！」

「去過天堂，誰會想入地獄呢？」

「你白癡，哈哈哈笑死我了。」

「看到她的胖肉就軟掉了。」

「那為甚麼跟我做時這麼硬？」

我告訴自己要沉着氣，再看了另一張對話。

「真想快點到午飯時間。」

「你每天都要做不累嗎？」女人笑問。

「跟自己愛的人做怎麼會累。」

我想起，老公晚上跟我説累了，明天要早起的情景。

接下來，我想嘗試看他們一整天的對話大概是怎樣。

「早晨，起床準備上班了。」

「早晨，老公，吻一下，你快點準備吧，別遲到。」

「工作很累，可以為我提提神嗎？」

「跟你老婆說吧，我又不是你的誰……」

「哎呀，突然又鬧脾氣，老婆只是個稱號而已，妳知道我心裏只愛妳。」

「最好是啦！！！」

「吃飯了？別餓壞。」

「我要減肥，不吃了。」

「胖一點比較可愛啦！」

「你想說我的胸要胖一點吧，我告訴你，將來我不會做家務、不會做飯。」

「通通都由我做好了，我怎麼捨得要妳辛苦呢？」

「今晚你老婆又做蛋糕了？」

「對，悶死了，但她做蛋糕時，我才能偷偷找妳，哈哈！」

「很好吃吧？」

「你比較『好吃』。」

「老婆，我睡了，晚安！」

「老公早點休息，明天上班見。」

最後，我再看多一段對話，就看不下去了。

「不如我們算了吧。」

「哎，寶貝又為甚麼生氣了？」

「醫生說我可能生不到小孩子。」

「那就不生咯，我們享受二人世界。」

「但你這麼喜歡當爸爸！」

「有沒有小孩沒所謂，我們永遠在一起就好。」

「我哭了，你讓我很感動，你是個好男人。」

「無論發生甚麼事，妳變成怎樣，我都會在妳身邊，順境逆境，不離不棄。」

終於，我的眼淚忍不住了，想起他曾經在我面前，很認真地說出結婚誓詞。我們真的是由零開始，捱過逆境，捱過貧窮，一起變老，病了照顧對方，只是他那句永遠忠誠無法做到。

原來，他每日跟我說的都是謊話，睡在我旁邊是一種折磨。

每天早晨的相擁，每晚笑着說晚安，他的心裏都不是我。

吃着我為他煮的東西，他口裏說好味道，心裏卻埋怨吃到悶。

在他背後默默支持，為他打點一切，照顧兒子，捱到幸福的收成，那個女人卻因為一句喜歡就奪去。我也喜歡我的老公，我也喜歡我的婚姻，我也喜歡我們三口子的家庭，但結果呢？

他們這刻擁在一起，而我就只剩下一個人，看着這些爛對話哭起來。

我做錯了甚麼？錯在對他太好？太緊張這段感情？其實我也很累，只不過一直堅持着，但最終還是要失去。

我無法再看他們的對話，關上了電腦，躺在床上一直哭。想像不到，我將要帶着兒子搬離這個每一個角落都滿載回憶的家。

我以為自己看得開，但原來決定了離婚，知道這一年的生活都是謊言，心裏依然會很痛。

3.3 孤單心事

「明天妳有空嗎？阿姨可以幫我照顧女兒一整天，讓我再試試妳做的蛋糕，我也拍一些照片給我朋友參考。」

收到浚平的訊息，我本應高興，但我的自信已掉到谷底。

「抱歉，我不太舒服，明早再看看情況吧。」

翌日一早，我就被門鈴吵醒了，明明最近都沒有網購，難道又是那個女人找上門？

剛剛睡醒正好脾氣最差，我帶着昨天的不忿去開門。

「到底妳又想怎樣？」我擺出一副超臭臉，準備開戰。

「呃……抱歉，我吵醒了妳嗎？」

門外的是浚平……他手上拿着大包小包的外賣。

「你先進來吧，我以為是其他人……」

「以為是你老公吧，哈哈。」

浚平在門口脫下鞋子，再彎身擺放好，然後跟我說：「妳昨晚說不舒服，所以我有點不放心，妳應該未吃早餐吧？」他一邊說，一邊拆開外賣袋，拿出了白粥、腸粉及油條。

「油條是我的，妳病了不能吃喔。」

「你專程過來買早餐給我？」我疑惑地問。

「不是啦，我順路而已。」

「順路？你剛剛去了哪裏？」

「就是順着通往妳心的路呀！」

「哈哈，白癡。」

看到他細心地打開碗蓋，是久違了的被照顧感覺。平日不是我照顧兒子，就是當我病了，老公就只懂說句：「很快沒事啦，妳緊張個屁！」

我突然想起，我只是剛剛起床，素顏之餘，也未刷牙……怎麼會被他見到我這糟透的一面。

「你等等，我先去梳洗一下，免得太醜令你沒胃口。」

「不用啦，在家裏就是這樣子呀，不一定化妝才好看的，自自然然很好。妳快點吃吧，不然就會放涼了。」

「至少也要先刷牙吧。」

「快點快點。」

我們在飯桌邊吃早餐邊聊天，我延續剛剛的話題：「就是不夠漂亮，身材不夠好，結果老公就這樣了。」

浚平很認真地答：「不是啦！那是夫妻間的定律吧，不是妳變得不吸引，而是日常的吵架令大家互相厭惡，即使是誰吸塵這種小事也會吵起來。他跟那個女人根本未經歷到這個階段，她有看過妳老公討厭的一面嗎？而妳有，卻依然愛他。」

聽到他的回應，我心有被暖一暖的感覺。

「你跟老婆都一樣嗎？」

「我們連厭惡的機會都沒有，她就離開了，我不敢保證我們之後感情不會變差。」他想了想後回答。

「那……你會出軌嗎？」

「妳想我說真話嗎？」

我點點頭，很想知道，但又怕破壞了對他的幻想。

他咬了一口油條，咀嚼了幾下，才緩緩說出：「會不會出軌的重點是，怎樣令自己避開引誘。身邊有出現過很多比我老婆吸引的女人，但我都跟自己說跟我無關。一旦有任何小小的聯繫，發展下去，後果就很嚴重了。」

我想起老公，就只是跟那個女人打了一局遊戲，交換了電話……結果。

浚平轉了個話題：「妳家裏有做蛋糕的材料嗎？看來妳沒事了，我們一起做蛋糕？」

我不用看雪櫃就立刻答了他有，因為大後天是兒子的生日，我每年都會親手做生日蛋糕。但想起今年他的生日，或許只有我們兩個人過，就有點難受。

我拿出了材料，浚平在旁幫我，也拍了幾張照片給朋友看。

「這張拍得妳很美。」浚平把照片遞過來。

「沒可能。」

我靠近了他，一起低頭看着螢幕，兩個人距離很近。

照片裏，我低着頭攪拌蛋漿，他拍下了我帶點微笑的側臉。

「沒騙妳吧，是不是很美。」他自信滿滿地說。

我臉皮沒有厚到會回答是，但他也不是真的等我答，只是在欣賞自己的拍攝成果。手上拿着蛋漿的我，錯手按下了打蛋器的開關，蛋漿都噴到浚平身上。

「幸好手機沒有沾到。」

「但你身上全是蛋漿了。」我一臉不好意思。

我走到房裏，隨手拿起了一件球衣。

「你先換上吧，老公平日大多都是穿球衣，我一時間找不到其他衣服。」

浚平在我面前就脱下了T恤，換上了老公的球衣。

我把臉轉去另一方，待他穿好後，看着他不期然笑了起來。明明平日老公穿球衣時，會突出一個小肚腩，我一直都覺得男人穿球衣不好看，但老公喜歡就隨他吧。

但現在浚平的身型穿起來，我竟然覺得很好看……

我們繼續做蛋糕，放進了焗爐後，就坐在梳化上休息。

大門外有點聲音，我們一同看過去時，大門打開，老公一個人回來。他看着我，看着浚平，看着被浚平穿上的球衣。

老公推開門後先是呆了幾秒，然後激動大叫：「他是誰？怎麼會出現在我家？」

「喔，他是我朋友。」我很不在乎地答。

「他來做甚麼？為甚麼會穿着我的球衣？」

「你看不到嗎？我們在做蛋糕。」

「做蛋糕？做愛吧！我不在家的時候，妳竟然帶另一個男人上來？妳會不會太不要臉！？」

不知道為甚麼，我覺得這個人很好笑。

「你有資格罵她嗎？」當我想回應的時候，浚平比我先開口。

「你是誰，憑甚麼插嘴，走到有夫之婦的家裏，還穿我的球衣。」老公很動氣。

老公想上前揪起浚平的衣領，但身高的差距令他顯得很尷尬。

「你就這麼緊張自己的球衣嗎？」浚平有點生氣。

然後浚平很孩子氣地，拿起了身旁的果醬，塗了在球衣上。

我突然記起那件球衣是限量簽名版，老公從拍賣網站以高價訂回來。還記得收貨那天，他高興了一整晚，一直小心翼翼保管，現在給浚平弄髒了，心痛得面容扭曲。

「你可以帶女人回家做愛，難道她不可以帶我回來做蛋糕嗎？但放心，這裏最噁心的是你這個出軌的人。球衣就這麼在意，全世界唯一的老婆卻不在乎。我當然可以插嘴，因為你不懂愛她，她就由我來珍惜了。」浚平一口氣說出來。

我看着浚平的背影，聽到他很着緊地為我辯護，我不用再次一個人面對着只懂傷害我的老公。

老公被激怒了，想衝向浚平撞倒他，但浚平卻擋住了，反把老公推倒在梳化上，而老公喘着氣，轉向我的那邊，想向我揮拳，卻被浚平捉住了舉高的手。兩人在角力，老公被牢牢捉着，掙扎不了。

「我要告你們通姦！這裏是我的家，再不放開我，我就報警。」老公繼續發爛。

浚平罵了他一句垃圾，然後放開了他。

「你們快滾出我的家！」老公吼出來。

浚平牽起了我，帶着我走向門口。

「你身上的球衣！我還要告你偷東西！」老公喘着氣，在我們踏出門口時大喊。

浚平想也不想，不屑地把球衣脫下來，將球衣扔在地上。

「你看看自己有多悲哀吧。」

浚平緊緊牽着我，踏出了門口。

「先上我車。」浚平溫柔地向我說。

「抱歉，剛剛我太激動，見到他的真人特別討厭。」他從車尾箱找到了一件外套穿。

我回想起他剛剛為我說的話，「就由我來珍惜」是一時意氣，還是一句心底話？

車廂中，我們的距離很近，我看到他的手有一處瘀傷了，就着緊地拿起他的手仔細看看。

「你沒事吧？」

「他應該比我更痛，哈哈。」

「下次不要陪他瘋，萬一受傷了怎麼辦。」

「不會有下一次了，我不會讓他再有機會傷害妳。」

我們互相看着，他好像慢慢靠近我。

但突然，前方傳來了一些吵鬧聲。老公從屋裏衝了出來，但看不見在車上的我們，而同時那個女人來了找他。我跟浚平立刻有默契地，一起坐低了半個身子，以免被他們發現。

他們很激動地吵着，因為距離太遠聽不清楚內容，但是老公氣得推跌了那個女人，那個女人哭起來，老公立刻很着緊，一臉內疚地扶起她，兩人走進了屋內。

我跟浚平對望着，為着他們不知因由的吵架，笑了起來。

「不要再理他們了，我陪妳重新開始吧。」浚平的話有種溫柔魔力。

「謝謝你。」

我跟浚平，並沒有激烈地吻起來，像我倆這種曾經很熟悉的人，他因為妻子的離世而悲傷，我因為老公的出軌而失去幸福，靜靜的感受對方的陪伴，已是我們最大的安慰。

浚平伸手按了按車上的屏幕，播起了一首歌，它曾經被我跟浚平都各自在臉書分享過，隔空互吐心聲——是藍又時的《孤單心事》。

旋律一起，就勾起了我們當年最終沒有愛上的回憶。

聽着頭兩句歌詞，彷彿在形容我最近的心情，眼眶不自覺紅起來。

雨下在我窗前　玻璃也在流眼淚
街上的人都看起來　比我幸福一點

我們沒說話，靜靜聽着歌詞在空氣中飄盪。

以前是我傻傻的在遠處偷望浚平，祝福他要過得更好；現在卻是浚平在我最傷心的時候出現。

浚平一直望着車窗外，尤其是播到副歌，他的臉色更沉重，彷彿在後悔着甚麼。

愛你是孤單的心事　不懂你微笑的意思
只能像一朵向日葵　在夜裏默默的堅持

聽到最後的一句，我們互相看着了幾秒，欲言又止。

就怕你終究沒發現　我還在你身邊

老公跟那個女人從家裏走出來，兩人又再和好，又再勾着手經過我們面前，浚平也從回憶中回復過來，看着我問：「妳要回去？還是跟我走？」

我看一看那棟住了多年的大廈，回答浚平：「走，但我要執拾一些物件。」

3.4 再見回憶

浚平本來想陪我回去，但他女兒打電話過來，嚷着要他回去，所以只能先走。

回到屋內，又剩下自己一個。我找出了一個行李箱，本來是為了下次家庭旅行而特別買的，還買了一個同款的迷你版給兒子。

我打開了行李箱，想不到第一次用，就是執拾東西離開。這裏有太多屬於我的東西，每一樣都重要得想帶走。

我拿不定主意要選甚麼，呆呆地坐在地板上，看着這裏每一個角落，想起了兒子出生前，老公一直呵護着我，我們第一次做爸媽很緊張，很怕做得不好，但我們承諾過，要一起努力學習做個好爸媽，會用心照顧兒子，有甚麼事都要一起面對。

在產房時，當這位小生命誕生，一聽到他的哭聲，老公跟我同時都笑着哭起來。抱他回家後，一起戰戰兢兢地照顧他。

為甚麼他會忘記這些畫面？為甚麼他要跟那個女人説其實不想要小孩？為甚麼他可以為了那個女人，放棄陪着兒子成長的承諾？難道這些年的感情都沒半點真實？

我又再拿出了米高給我的外置硬碟，硬碟裏還有一些影片我之前不敢看。我知道我不應該再沉溺痛苦，但我控制不住，一心只想要看個究竟。

影片有很多個檔案，起初是一些偷拍他們在街上牽着手走的畫面，然後是一些屋內的偷拍，有老公跟那個女人的日常生活，再接下來是在房內……她慢慢脱下了性感睡衣、老公在床上等着她走過來，兩個人赤裸裸地纏綿。

每一段都是差不多，但數量有非常之多，我想起上次跟老公吵架，問他到底跟那個女人做過多少次，老公根本答不出來，因為是很多很多很多次。

我看得憤怒，直至我看到了一套名為《殉情》的影片，打開後，是由剛剛的片段剪接成一段長的影片，感覺就像電影一樣……

我想起了夢想是做導演的米高，想起了他詭異地說過：「無論用甚麼辦法，我都要把小萱留在身邊。」

我看得入神，被突然從客廳傳出的碰撞聲，嚇了一跳。

老公坐在梳化上，他拿着毛巾按住額頭，我走近才見到他的頭正在流血。

「妳不是走了嗎，怎麼又回來了？」他看到我，不想理會。

他眼睛看向我打開的行李箱。

「要走就走吧，不用管我，我不想跟妳吵架。」

我見到他流血愈來愈嚴重，即使我有多憎恨他，都建議了一句：「不如你去醫院吧，我幫你召救護車。」

「不用。」他口硬地說。

但我也不理他同不同意，致電了救護車，不久後救護員就上來，替他檢查，帶了他上救護車。

「妳會陪他去醫院嗎？」救護員問我。

「我會陪他。」我在心裏嘆了口氣。

去到了醫院，醫生替老公處理好傷口後，建議他留院觀察一晚，但他堅決要走，最後經醫生游說後答應了，於是我去辦入院手續。

「這麼心急要見那個女人？」我心想。

看到他躺在病床上，我一邊覺得活該，但又有一點好奇，他到底發生甚麼事？

但他對所有人都說，是自己不小心跌倒。

當我離開前，老公叫住了我。

「可不可以答應我一個要求，妳答應了，我就以後都不會煩妳，妳喜歡跟誰一起我都不再理了。」

「甚麼？」

「兒子的生日，我們三個人可否如常地過一天，像以前一樣？」

面對這樣的要求，我考慮的當然不是他，而是兒子。

兒子每年都很期待自己的生日，老公跟我會帶他玩一整天。最近我們常常都不在兒子的身邊，若然再跟他說爸爸陪不到你過生日，他一定會很失望。

兩個大人的事，是不是不應該影響他呢？

「放心，我不會跟你搶兒子，所以這個或許是我跟他的最後一個生日。」

「我考慮一下。」我跟老公說。

「謝謝，對不起。」躺在病床上的他，臉色蒼白，感覺是他第一次真誠地跟我道歉，我心酸了一下，如果一切沒有發生，多好呢。

「我剛剛等小萱睡着了後才能夠回來，但現在要留院，我怕不夠時間完成兒子的生日禮物，如果妳回去，有時間可以幫我忙嗎？我把禮物放在書櫃裏，我再教妳做。」在我轉身離開前老公說。

心真的很酸，點點頭就離開了。

回家的路上，我收到了一個訊息，以為是浚平，但原來是米高。

「看完硬碟的內容嗎？精不精彩？我的《殉情》是否拍得很好？」

「你打算怎樣……要上傳公開他們的事嗎？」

「妳知道怎樣才能真正地留住一個人？就是讓她帶着遺憾一直活下去。」

米高這個人太奇怪了，我不想跟他再有任何聯絡，於是把他封鎖了。

翌日，我因為想念兒子，也就去了我媽家帶他上學，一見面他就嚷着要我抱。

在他的世界，他還是有媽媽有爸爸的，來婆婆家裏暫住只是想吃糖果。而他不知道的是，自己或許要在一個不完整的家庭成長。

看着他天真地走進學校，人生還未有告別這回事，總以為放學後回家就會見到爸爸媽媽。我不忍心令他在生日感到失望，心軟地傳了訊息給老公。

「請你好好計劃兒子的生日，那會是我們的最後一天。」

我不是留戀他，一切都只因照顧兒子的感受。

「好的，禮物麻煩妳準備了。」老公說。

「嗯。」

我們的語氣變了，即使大家冷靜下來，他的錯還是無法挽回。

老公準備的禮物，我當然知道是甚麼，由兒子滿月那年開始，老公都會把他在一年間拍的照片沖曬出來，貼滿在一張大卡板上，旁邊畫上了我們一家人。

由一歲、兩歲、三歲、四歲……老公說會準備到他十八歲。

當我再回到家，打算開始動手準備禮物，就收到浚平的來電。

「我女兒嚷着要見妳，哈哈，她不停問我妳在哪裏，妳有空一起吃午飯嗎？吃完後，我們可以再逛一下。」

「我來不了，兒子明天生日了，我要準備一下。」我婉拒了浚平。

「那沒辦法了，代我跟妳的兒子說生日快樂吧。」浚平邊答，邊安慰哭着的女兒。

浚平的世界，存在着一位離世的妻子，重視的是他的女兒，即使我跟他在一起，我及我的兒子在他心裏，又能佔多重要的位置呢？

我一邊剪貼着老公跟我及兒子的合照，老公在每張相片裏都笑得很真誠，擁着我的照片也看不出任何異樣。

到底在這一年我們的幸福生活，有多少是真，有多少是假，我以後還剩下多少幸福？

完成了禮物，拍下了傳給老公。

「做好了，你放心。」

「哇，比我做的更精美，早知道以前就叫妳一起做吧。」

「兒子收到應該會很開心。」

「謝謝妳給我這個機會，我一定會守諾言，慶祝他的生日後就會離開，不會再為妳們帶來傷害。」

為甚麼你守的諾言，不是愛我一輩子呢？

製作好相簿，然後，該輪到了我負責的部份，親手為兒子做生日蛋糕。

明天我一定要讓他笑着過生日，即使是我們仨的最後一次。

一直做到凌晨才睡，翌日醒來，我以為自己眼花了，老公坐在梳化上，一見我出來就說：「起床了嗎？我買了早餐回來，妳快點吃吧。」

似曾相識的畫面，是老公當初的浪漫，也是浚平前天的悉心。

「我想在兒子的禮物上再加工一下，妳做自己的事吧，當我不存在就好了。」老公說。

我看到，枱上除了早餐外，還放了一束玫瑰。

老公察覺到我留意到玫瑰，摸着頭，一臉尷尬地說：「兒子的生日，也是妳辛苦誕下他的日子，我想……也應該要買份禮物給妳吧。」

老公從來沒有送過花給我……我每次撒嬌想收到花，他都會罵：「幾天就凋謝了，花是最不值得買的。」

我將這束玫瑰拿在手上，花開得很漂亮，但也來得太遲……我們之間，就只剩下這天。

我走到浴室，一邊刷牙，眼淚一直流下來，為甚麼到了現在，他才為這段婚姻努力呢……

如果他現在從後擁着我，或許我真的會心軟。但是他仍然一臉歉意地，坐在梳化上，用心做完最後的禮物。

「我去帶兒子回來。」

「我跟妳一起去吧。」老公說。

我沒有拒絕，因為我答應過今天是如常的一天。

老公從褲袋裏拿出了車匙，不是他跟那個女人的一架，而是我們的家庭車。在車上，我們沒有交談，我靜靜地看着窗外，老公沉默地駕駛。

忽然，前車急剎，老公也跟着急剎，我整個人衝前了一下，老公罵了句髒話，再問我：「妳沒事吧？」

「嗯，沒事。」

到了兒子學校，我們一起在校門外等候，一些認識的家長過來打招呼，在他們眼中，我們依然是那對恩愛夫妻。

放學鐘響起，兒子的班主任帶着學生出來，兒子一見到我們，就跑了過來，老公一手抱起了他。

「今天好像是甚麼重要日子~」

「生日。」

「誰的生日？是媽媽喔？」

「是我！」兒子大叫。

兩個大男孩笑着走，坐上了車，老公一邊駕駛，一邊哼着歌逗兒子笑，兒子很久沒看過爸爸，所以顯得很興奮。

我們先去了商場的玩具店買禮物，兒子選了好久，因為他有兩件都很喜歡。

「全買吧，爸爸買給你，聽媽媽說你最近很乖。」老公對兒子說。

兒子看一看我，似乎怕我反對，因為我總是負責當黑臉的那位。

「爸爸說買就買吧。」我說。

買完後，兒子走在我們的中間，很滿足地牽着我們，又笑着將我跟老公牽起來，我跟老公尷尬地互相看着。

以往兒子生日，我們都會出去餐廳晚飯，但今天老公直接駛了回家，兒子有玩具已經忙着玩，今晚吃甚麼好像只有我在意。

「今晚我煮飯給你們。」老公走向了冰箱對我說。

他從來沒有在重要的日子親自下廚，所以顯得又笨又吃力。看到他被煎牛排的牛油彈到手，我忍不住暗笑了，卻又很心酸。

在他快要準備好晚飯的時候，門鈴卻響起，浚平拿着一份禮物，牽着他的女兒，站了在門外。

「我們來跟你們一起慶祝。」他溫暖地笑着說。

我面有難色，不知道怎樣開口。

「快可以吃了。」老公從廚房裏大喊。

「妳讓他回來陪妳？」浚平聽到老公的聲音，不明所以地問。

「不是陪我，他說想陪兒子過最後一次生日。」我連忙解釋。

「這種人最喜歡裝可憐！妳不應該給他任何機會呀！」

「但是……兒子一直期待自己的生日，我不想他失望。」

「所以我們來了陪他呀！」

老公見我沒有回應他，所以走了過來，看見了浚平跟他的女兒，不過老公沒有像上次一樣激動。

「我快煮好了，妳聊完就來吃吧。」老公只是跟我說。

「你有資格回來跟他們慶祝嗎？」浚平忍不住罵他。

老公沒有回應他。

兒子聽到吵鬧聲，也走了過來站在老公的身後，看着浚平跟他的女兒，像見到陌生人一樣好奇，老公抱起他回到屋內。

「謝謝你過來，不過我們下次再慶祝吧。」我跟浚平說。

「妳不能原諒他……」

「我不會，但今天的主角是我兒子，他想跟爸爸過生日。」

浚平還想開口說服我。

「你先回去吧，今天我決定了讓他回來，對不起。」我很認真地再說。

「我明白了，那妳代我送這份禮物給妳兒子吧。」浚平也只好放棄。

他失望地牽着女兒回去。

回到屋內，我看到飯桌上，擺着燭光、兩份牛排，及兒子最愛吃的漢堡。與其說是兒子的生日飯，還不如說像是紀念日的慶祝。

「可能很難吃的，但我盡力了，你們試試吧。」老公抱歉地說。

這是我們的最後晚餐嗎？

老公煮得真的很難吃，牛排煎太久，其他配菜不是太淡，就是太濃，但不知道為甚麼，我很喜歡吃……

「今年不想外出吃，不想被其他人吵着，只想我們三個靜靜地享受。」老公看着我幫兒子把漢堡切成一小口一小口，淡淡地說。

「爸爸煮的東西好不好吃？」老公問兒子。

「好～」兒子猛力地點頭。

老公摸摸他的頭。

「你要聽媽媽的話。」

到了吃蛋糕的時間，我把做好的蛋糕捧出來，老公則拿出他為兒子做的禮物，老公看着蛋糕時，我想起他曾跟那個女人說過：「吃到想吐」。

就這樣，老公點起蠟燭，兒子許過生日願望，我們三個人自拍了幾張家庭合照。

飯後，老公沒有像以往一樣去打遊戲，而是陪着我跟兒子看卡通。兒子睡着了，老公抱了他回到床上，再回來坐在我身邊，我們一時間都不懂開口，或許是不想開口，因為在我們之間，就只剩下告別。

「是我對不起你們，忘記了自己擁有的幸福。」

「……」

「過十二點了，我說過只借你們一天，我不想再食言了。」

我沉默地看着老公，他卻不敢再看我一眼，站了起來，穿上了外套，走到兒子的房間看了一眼，就向大門走去。

老公穿好鞋後，準備打開大門前跟我說：「這些年的日子，辛苦妳了。」

我忍住了眼淚，在他離開前叫住了他，他回頭看着我。

「駕車小心一點，別開太快……」我說。

當初是因為打開了這道大門而發現他有外遇，而這刻看着門緩緩地關上，原來結束感情的一刻是這樣寂靜，有點不習慣，心底裏偶爾傳出陣痛，呆想着過去的畫面。

我整理好家中的凌亂，把碗碟放好，把兒子的玩具執拾好，覺得滿意了、整齊了，再慢慢把要帶走的物品放到行李箱裏。

這裏是我一直守護的地方，走前也要好好打理一下，有始有終。

沒有睡在我倆的床上，因為它已經不屬於我們，我只是依舊地睡在兒子身旁，看着他熟睡，度過在這個家的最後晚上。

/ 第四章 /

重生

我在你心裏

有沒有一點特別

4.1 我會等你

那個女人的IG帳戶已經設定為不公開，我也無法再偷看她跟老公的生活。

早上手機傳來浚平的訊息。

「昨晚很對不起，是我太過衝動，突然來找你們。」

「不要緊，都過去了，我準備好搬回我媽那裏。」我回覆。

「我過來接你們吧，我也有些事要跟妳說。」

見面後，我想跟浚平說清楚我們的打算。

浚平按着門鈴，當我打開門時，兩人都為着昨晚的事而有種奇怪的感覺，稱不上吵架，但心裏又有些歉意。

「你女兒呢？沒嚷着要跟你一起過來嗎？」

「阿姨跟她在執拾行李，我們今晚要去機場。」

我有點錯愕，完全不懂反應，不是至少半年後才離開嗎？

「妳可不可以等我！」我們走進屋內，浚平一臉擔憂又很緊張地說。

「事情來得很突然，其實這次我跟女兒回來，留下我媽在外國一直令我很擔心，但她行動不方便，無法跟我們回來，只好由看護及其他親戚幫忙照顧她，但昨晚親戚致電我，她在家跌倒了，情況有點嚴重，我不得不趕回去，但是……」

「但是甚麼？」我問。

「但是我不想就這樣離開。這次重遇妳，我起初只打算跟妳吃頓飯，想不到妳發生了那些事，我們突然間好像回到過去一樣，這一次我不想再錯過。」

「我們會不會太衝動？對我們來說，要重新組織一個家庭不是一件簡單的事。」

我心裏想的是，我怕會再次受傷，不是我懷疑浚平會出軌，但剛剛結束一段婚姻，又突然要開展一段新關係，而浚平的妻子也不過離世一年，他的心裏會否仍想念她？

一切實在來得有點急。

「我知道妳擔心甚麼，但我更明白遇到愛的人就要好好珍惜，我失去過很多次了。我只希望可以待在妳身邊，大家一起重新開始，我願意慢慢來，先相處一下，只要可以每日或幾日見到妳，就已經足夠了。這是我本來的想法……但現在……」浚平解釋。

「你放心回去吧，我會等你的……」

「真的嗎？但我可能要幾個月才再回來。」

「反正我也要些時間整理一下自己。」

「我們要每一晚都視像通訊！」

浚平高興得握起我的手，慢慢向我靠近，我閉上了眼，感覺到他的嘴唇愈來愈近，但他輕吻的，是我額頭。

「我可不想在他的家吻妳。等我回來吧，妳在這裏得不到的幸福，我一定會給妳，到時我們會有另一個屬於我們的家。」

浚平說已經跟舉辦烹飪課程的朋友交待了，當我準備好心情，就可以隨時開甜品班。

「雖然無法當妳的助手，但我也會為妳打氣的，妳的蛋糕最是好吃的，多點自信吧。」

我送浚平回到車上，但當他離開前，我怎樣都說不出那一句平日叮囑老公的「駕車小心點」，只是跟他微笑揮手。

我執拾了一些重要的隨身物品放到行李箱，其他要帶走的都放在紙箱裏，只等搬運公司來到。

沒有甚麼家務要再處理了，我就跟兒子一起坐在梳化上，他看着卡通，我不停看着家裏的每一角，重溫發生過的畫面，算是最後的懷念。

叮咚……搬運工人來到，我走在一旁，讓他們把一箱箱東西搬上車。

原來，建立了快十年的回憶，大概二十分鐘就搬清。

我關上大門，帶着兒子上了貨車，他問我去哪裏？我笑説去婆婆家。

貨車開了一半，我總感覺有點不對勁，摸着手才發現，因為剛剛要執拾東西，我把婚戒遺下在屋內。

好不好回頭取呢？或許這正正是我的新開始，不再屬於自己的東西，就讓它遺留在同樣不再屬於我的地方。雖然我曾經因為它的出現而感動哭過，曾經視之如寶。

途中，浚平也有關心過我搬運是否順利，我叫他不用擔心，一路順風，希望他的媽媽會好起來。

「我不在妳身邊的時候，妳千萬別心軟。」

「放心吧。」

我已經捱過很多心軟的時刻了，下定決心離開，就不會再回頭。

我媽早已打開門，執拾好位置給我們，當初從這裏嫁出去，記得我爸媽當天也不捨地哭，現在搬回來了，我媽已老了很多，而我爸早已不在人世。

4.2 準備好了

過了好幾星期，浚平也有一直跟我保持聯絡，我們真的每晚視像通訊，他間中也有打探我有沒有跟老公聯繫。的確有一次，就是準備辦理離婚手續，以後要改口不再叫他做老公，而是黃兆唯。

待在一直長大的地方，我的心情也回復得不錯，有我媽的照顧，兒子也很健康快樂，而我也準備好去做甜品班的導師。

我的裝扮跟以往不一樣，轉了個髮型，身為導師，衣着也要端莊一點，就由今天重新開始吧！

我照着鏡子，很自滿地踏出家裏，卻收到了一個陌生電話的短訊。

「封鎖我是沒有用的，看來妳無法挽回自己老公，我只好進行我的計劃了。」

我知道是米高，他們的事已經跟我無關，第一天上班不能遲到。

「隨你喜歡吧，你們三個的事，請別再找我。」

甜品班的地點是一棟高級商廈，我起初以為會是一間小班房，類似於社區中心，但原來是很有規模的公司，內裏有着不同的房間。

我跟接待員說明了一下情況，她通了一道電話，叫我坐下稍等。我有點緊張，畢竟從未試過在很多人面前煮食，自己也不是甜品師傅。

「哈囉！妳就是浚平的朋友嗎？我是Nicole，妳也可以叫我安琪，抱歉一直沒有時間跟妳聯絡。」

浚平一直所說的朋友，原來是一位女生，而且是一位很有氣質的職場女性，渾身散發着自信。相較之下，即使我已經悉心打扮，還是有一種家庭主婦的感覺。

「謝謝妳邀請，希望我不會令妳失望吧。」

「別客氣了，浚平叫我幫忙的，我一定不會拒絕，而且我很相信浚平，他從來都沒有令我失望過。他介紹妳給我，一定是好推介，我對浚平有信心！今天先帶妳參觀一下，了解這裏的運作。」

我跟着她一直走，心裏充滿疑問，但安琪先開口。

「妳跟浚平認識了很久嗎？」

「我們以前是同學。」我回答。

「哦……都是很久以前的事吧，難怪沒聽浚平提起過。」

「妳呢？妳跟他認識了多久？」

「忘記多少年了，我是他畢業後第一份工作的同事，當年經歷過很多晚凌晨一起趕設計，所以感情都算很深，但這次他突然回來又回去，我們還未有時間聚舊。」

「喔……是嗎。」

「我等他回來再見面吧，反正我們都有保持聯絡。」

要等浚平的人，不是我嗎？她明明對我很友善，但感覺上好像故意在我面前強調自己跟浚平的關係，令我有點不自在，而且她的氣場很重，令我走每一步都戰戰兢兢。

大概了解過整體環境及佈局，我對這個新開始的地方多了點認識，離開前她再帶我去一間房。

「這是浚平以前的畫室，即使他去外國後，我也把房間留了給他，等他回來。」

我推開門，踏進去後，第一眼看到的，是牆上掛着浚平跟安琪的合照……

「……」我看着安琪甜絲絲地拿起他們的合照。

「真是令人懷念。」安琪把合照遞了給我看。

照片裏的浚平，大概是大學畢業後，剛剛出來打工的樣子。他搭着安琪的肩膀，兩人笑得很燦爛，也很匹配，是真正的郎才女貌。

「可惜之後他突然説要去外國進修。」安琪把合照擺回原處：「不過，這裏還是有他的位置，歡迎他隨時回來。」

「你們的感情好像很好。」我微笑着，心卻很酸。

「在我最失落的時候，幸好有浚平在身邊。」安琪邊説邊帶我走出房間，送我到電梯口。「明天我應該不在，我已吩咐好助手去幫妳，有甚麼需要隨時開口。」

「謝謝，我會加油的。」我説。

我走進電梯，看着安琪的背影，覺得自己很渺小。

回家後，跟浚平視訊時，他問我今天怎麼樣，我的態度不算很好，因為心裏一直想着他跟安琪的關係。

「原來你的朋友是女生，怎麼沒有告訴我？」

「女生不是更好嗎？我怎會放心把妳介紹給其他男人？」

「你們以前是情人嗎？」

「怎麼可能，安琪當年有個很愛她的男朋友，兩個常常放閃。」

「當年？現在呢？」

「怎麼妳今天這樣八卦，關心安琪多過關心我了？人家的事不能隨便說呀，有機會她會告訴妳吧，妳們一定會聊得來，別看她很冷酷，內裏很好人的。」

「你真是了解她。」

浚平察覺我的不爽，立即換了個話題，跟我分享他外國的家附近的景點，不知道是有心或無意，好像不太想提起安琪的事。

兒子看到我跟浚平視訊，常常都以為是爸爸，畢竟以前黃兆唯在加班的時候，我跟兒子都常常視訊他，他會做鬼臉逗兒子笑。兒子看到鏡頭裏的不是爸爸，一臉失望。

「那明天加油吧，我會為妳打氣的。」浚平說。

「嗯嗯，你也早點睡吧。」

為了讓自己分心，我最近也多了更新社交平台，睡前貼了一張曾經做過的蛋糕，寫了一句。

「新的開始，希望一切順利。」

立即就有人按讚了，一個沒有頭像的陌生帳戶，兒子嚷着要一起睡，我也沒按進去深究。

我比上課時間早了一小時去準備，包括熟悉廚具位置、爐具的操作，以及在心裏重複上課流程。

時間快到，從遠處就聽到一群女人在高談闊論，她們開門進來，每一個都像闊太般衣着光鮮。從她們的眼神裏，看到點點嫌棄，也難怪的，上一任導師是個外國帥哥，還是藍帶廚師。

「大家好，今天我們會做芝士蛋糕。」

「芝士蛋糕有甚麼特別，一早學過了。」她們聽後起哄，其中一個說。

「不是嘛，我們想學更特別的。」另一位女士接口。

受她們影響，我緊張地一邊示範一邊解釋，卻東撞西撞，忘了廚具位置，還把材料打翻在地上。

助手也處理不了她們的不滿，每個人都懷疑我是否有資格做導師，而這時候，安琪推門進來，全場的人都不敢作聲地看着她。

「大家怎麼了？上課順利嘛？」安琪問。

「哎呀，為甚麼突然轉導師了？」太太甲問。

「安琪妳是否跟我們開玩笑呢？」太太乙追問。

「一看她就知道是個家庭主婦吧，怎能跟藍帶師傅比……」太太丙火上加油。

面對質疑，安琪並沒有怯場。

「妳們之前不是說太難學了，回家後自己根本做不到嗎？老公不是說很難吃嗎？你們眼前的這位導師，也是一位太太，而她的老公很愛吃她做的蛋糕，妳們要質疑不是不可以，但至少吃過她的完成品再說吧。」

太太們沒有反駁，安琪示意我繼續講解，並在旁協助我，接下來的過程很順利，我也沒有再出錯，而太太們試吃蛋糕時，每個都露出驚訝的表情，不停說很好吃，說要學要我再講解。

太太們下課離開後，我立即跟安琪道謝。

「剛剛幸好有妳，不然我應該很徬徨了。」

「沒這回事啦，是妳做的蛋糕真的好吃，我剛剛為了控制場面，說妳老公很愛吃，相信也沒說錯吧？」

我苦笑着點頭。

我想起浚平說安琪曾經有段很幸福的關係，於是我回應：「妳的男朋友也覺得妳很厲害吧，把這裏經營得那麼好？」

「我單身很多年了。」安琪低着頭答。

「完全看不出來。」

輪到安琪苦笑。雖然我跟安琪認識不深，但從她剛剛的尷尬笑容，好像隱藏着甚麼故事。

「我在辦離婚手續，妳剛剛說我老公很愛吃我做的蛋糕，事實剛好相反，他吃得想吐。」我突然鼓起了勇氣說。

安琪像在沉思着，隔了一會才回應我。

「也不是一件壞事。」

她邊說邊轉身離開，望着我說了一句加油，不知道是在講做蛋糕還是離婚的事。似乎浚平也真的不是隨便討論別人生活的人，不然安琪就會知道我的情況。

「都說了安琪很好人吧。」浚平說。

「嗯，而且人又漂亮，還要是單身呀。」

「要是妳見過她好幾天沒睡的樣子，就不會說她漂亮了。」

「哦哦，你最了解她了。」

「哎，我們真的只是朋友，回來再跟妳解釋吧。」

「你要回來了！？」

「我是指如果有天回來的話……」

「你那邊情況怎樣？你一直都在關心我，沒有說一下自己的情況。」

「很好呀，我媽早已出院了，而且精神很好，我還有跟我媽提起妳，她說有空就帶回來讓她見一見。」

「說得好像我住你附近，哈哈。」

「妳會想見我媽媽？」

「隨時可以跟她視訊呀。」

我知道浚平半說笑半認真地問，但我剛剛才開始習慣新生活，想讓一切都慢慢來。

甜品班一星期上三課，所以另外幾天我就照顧兒子，他總是問我爸爸呢？說很想念爸爸。

平日我媽都會插嘴吐糟，說爸爸做錯事，要被老師罰留堂，不能見他。

但今天我媽卻搖搖頭看着報紙說：「這年代還有人為情自殺，看上去是個大好青年，真的太傻了。」

我立即叫我媽遞給我看，不是頭條新聞，只是在報紙裏一小角落的報道，沒有相片，內容大概是恐嚇女方不要分手，割腕自殺，目前危殆。

我立刻想起米高，但無法確認，因為新聞上的名字是李X維。我不知道米高的真名。我拿出手機，查找了他上次傳給我的訊息，再次看到那一句：「看來妳無法挽回自己老公，我只好進行我的計劃了。」

我直覺新聞所寫的就是米高，卻沒有勇氣去查證。

「這麼着緊，是認識的人嗎？」我媽見我整個人呆着，問我。

「希望不是。」我放下了報紙，想起了曾經秒讚過我相片的帳戶。

4.3 原諒好嗎

當我按進去查看時，帳戶的主人不是米高，因為他所貼的照片，是我們曾經的那個家、曾經的家庭合照、曾經的二人世界。

帳戶是黃兆唯開的，名稱是WantYouBack，第一篇發文由上星期開始。

「我做了人生中最錯的事，失去了對我最重要的人。」

「如果妳回來我身邊，我以後都會做個好老公。」

「我知道我傷害了妳，但我願意以更多的愛去補救。」

還有一張照片是……他撕毀了我簽好的離婚文件，寫上了一句。

「感情破裂是要修補，而不是放棄。」

他這個人……到底是在幹甚麼，怎麼又出現在我的生活裏。我想把事情告訴浚平，可是一直都聯絡不上。打給黃兆唯，他的手機也關掉了。

我拜託了我媽照顧好兒子，準備一個人回去當面說清楚，撕掉離婚文件真的太過份了。

熟悉的街道，熟悉的大門，我明知道密碼，卻按下了門鈴。按了幾下都沒有人應門，就在我轉身離開時，門打開了。

「老婆！怎麼妳回來了，是原諒我了嗎？」

他頭髮淩亂、滿臉鬍渣，好像還帶着酒氣。

「進來才說吧，這是妳的家呀。」

「不用了，我很快就走，我只想問你一句，為甚麼撕掉了離婚文件？」我說。

「妳果然有看到我的帳戶！我不會跟妳離婚的，我相信我們之間還有愛。」

「沒有，我可以告訴你，一點都沒有。」

「我跟那個女人分手了。」

「不關我事，不用告訴我。」

「等等我，給妳看點東西。」

我站在門外等他，看到屋內也是淩亂不堪，隨地垃圾，枱上也有一些吃完沒扔的飯盒。他拿着幾塊大卡板回來門口，一張一張跟我展示。

就像兒子的生日禮物一樣，他製作了我們夫妻的版本，由第一年紀念日開始，剪剪貼貼，直到上一次三個人最後一次慶祝兒子生日。

「我反思了很多，原來你們兩個才對我最重要，我不要求妳立刻原諒我，但請給我機會去彌補。」

「太遲了。」

黃兆唯所說的每一句，我都完全沒感覺。

「是因為那個男人嗎？我早就猜到了，妳有沒有想清楚他有甚麼居心，明知妳帶着個兒子，明知是有夫之婦，還邀約妳出來？上一次兒子生日，他還自己找上門，會不會太過份？」

我沒有回應他，他只好自己再說。

「你以為他會比我好嗎？我是男人很清楚，他最終也會跟我一樣，受到引誘也會忍不住出軌。」

我不想再聽到他説話。

「我會單方面申請離婚。」

他還在碎碎唸，但我已經轉身離開，聽不到他説甚麼。我有幻想過他認錯挽回的場面，有懷疑過自己會否心軟，但這一刻我一點感覺都沒有，這叫死心吧。反而，我在意的是他罵浚平的那一句……

「受到引誘也會忍不住出軌。」

浚平一直沒有回覆我的訊息，心裏的不安感又隨即而來，擔心他是否發生了甚麼事，原來當他突然消失，我們的世界是相隔這麼遠，我無法找到他，只能默默地等。

再過了一天，依然沒有消息。

兒子每晚都嚷着要見爸爸，但我媽堅決反對。在夜裏，我按到黃兆唯的帳戶裏，他在我走後發佈了一句。

「多希望你們在身邊。」

照片是我常常抱着兒子看電視的梳化。

在上甜品班之前，我約了那位有三位子女、發現老公召妓的朋友聚舊，她彷佛若無其事地分享家庭樂。

「前天我們一家去了迪士尼，你要看我們的合照嗎？」

照片裏，她的老公緊緊地擁着她，她抱着最小的小孩，其他兩個則各自站在他們身旁。

「妳真的可以原諒他嗎？」

「為甚麼妳不能替我高興呢？他已經改變了，我們決定忘記發生過的事，一家人重新開始。」她說。

「我不是這個意思……當然替妳高興。」

「他求了我很久，我才原諒他的，所以他一定很珍惜我給他的機會。他也很努力改變，一有時間就陪我們，也隨時讓我檢查手機，去哪裏都跟我報到，我相信他不會再犯。」

「那就好了。」

「我有能力分得出他是否真心改過。」

她一直為自己的老公辯護，反應很大，彷彿不是在說服我，而是在說服自己。

聚會比預期早結束，因為大家都再沒甚麼好說，她提早回去陪老公，我則早點去準備上課，順道問一問安琪有沒有浚平的消息。

就在我準備材料時，一把男聲從後傳來。

「請問妳需要助手嗎？」

是浚平。

突然見到他的真人，我心情有點複雜，當然很驚訝，但又感到委屈。

「你突然消失了，以為你發生甚麼事。」我說。

「本來早一點回來，但航班延誤了，如果跟妳視訊就會破壞了驚喜。」

「那至少也回覆一兩句呀！」

「好了好了，我回來了，別擔心。」

「那你媽呢？不用照顧她了？」

「是她叫我回來的，因為她知道我在這裏有個重要的人，叫我帶回去見她。」

上甜品班的太太們準時到達，當她們見到浚平時，比我還要驚訝。

「這好像是安琪的男朋友。」當中好像有人說了一句。

「他們好像是沒有公開的。」

那班太太比平日專注，我也沒有想太多，帶着她們，把今天要做的蛋糕示範一次。課堂後，浚平見我悶悶不樂。

「很累嗎？」

我回答不是，然後浚平拉着我，說要帶我去看一些東西。浚平牽着我去的，就是那間安琪留給他的房間，他打開門，那張合照依然存在。

浚平也第一時間拿起了合照，說了句：「時間過得真快。」

然後，他從雜物裏，拿出了一個紙箱，內裏大概有幾十張畫。

「妳拿來看看。」他說。

那十多張畫，全都是我的樣子，我想起浚平在重逢見面時送給我的畫，原來在這裏還有很多張。

「這些畫，我一直都放在這裏好好保存。」

畫上有日期，是由我們相識的那一年，他就開始畫，畫到他去外國的一年，而那一年，就是我跟老公結婚的一年。

浚平拿起了其中一張畫。

「可能妳會覺得我太急進，或者太過熱情令妳無法適應，但妳要知道我一直都在想妳，我以為我們沒有機會，一直都很後悔。有件事我應該要告訴妳，其實我不是一個好丈夫，去外國結識妻子後，她一直都覺得我心裏有另一個人。我沒有出軌，但也無法讓她感到幸福。我一直都沒有勇氣跟妳坦白，因為怕會令我在妳心目中的形象變差……」

「放心……不會。」我說。

「不過我也會慢慢來的，可以見到妳已經很高興。」

從來沒想過，我在浚平的心裏，會佔着這麼重要的位置。

安琪經過了房間，見到浚平，立即很興奮地打招呼，兩人一見如故，豪爽地聊起來，沒有半點曖昧的感覺，我親身目睹他們的相處，才覺得他們真的是曾經的同事及戰友。

「你告訴了她嗎？」

安琪指着他們的合照，浚平顯得有點不好意思：「還沒有……」

「你真是很拖拖拉拉，有甚麼好擔心！」

「其實，浚平算是這裏的半個合伙人，當年我們跟另一位朋友一起成立這裏，但他不敢告訴妳，怕妳會拒絕，所以只好說成我這位朋友邀請妳來教班，其實他才是那位『朋友』。」安琪看看我，又看着合照說。

浚平一臉尷尬，而我心底裏卻很感激。

「不過他突然去了外國，就剩下我們打理，這一點就不值得原諒了。」安琪笑說。

浚平看着我苦笑，只有我倆才知道真正因由。

急進的不是浚平，而是時間，他不想再次失去所愛。

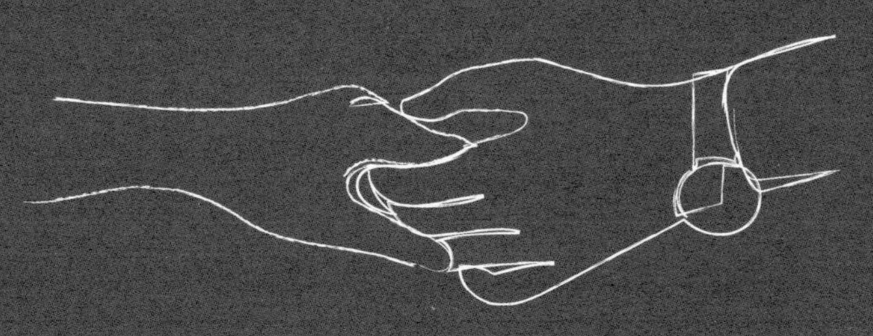

／4.4／新房子

自從浚平回來後，我的世界很少再出現黃兆唯的身影，我們每天就是一起照顧兩個孩子，浚平的女兒跟我的兒子也漸漸相處得來，甜品班也愈來愈順利，浚平還上過我家吃飯，我媽只對浚平有一句評論：「比起之前那個混蛋帥很多。」

我媽以前就見過浚平，當時她有叮囑過我，男朋友可以交個帥，但老公就要找個穩重，誰料到上天就是這麼不公平，醜的最終出了軌，帥的反而一直在等。

經過浚平的協調，我們偶爾會帶兒子見他的爸爸，畢竟他也有權利見兒子，只是一提到離婚，黃兆唯還是不願意面對，我也只好等到單方面離婚。黃兆唯仍會間中傳一些感到後悔的訊息給我，可是我已經再沒有感覺。

生活一直保持現狀，直至浚平不想再打擾他阿姨，打算租一間房子。

「你們會想跟我一起住嗎？」

「我還想再陪我媽多一點，而且有婆婆照顧兒子比較方便。」

「沒關係，你們也可以常常過來。」

「你有計劃住哪裏了？」

「我已經想好了。」

幾天後，浚平告訴我他租到房子了，地點就是我現在住的那棟大廈，我八樓，他十三樓。

「那樣我們又可以見面，妳又可以陪妳媽，不是很好嗎？」

浚平所有事都是以我為先，讓我一直都覺得很有安全感，直至有天在甜品班裏，出現了一位年輕的女生。

那天，因為交通擠塞，我遲到了，但當我打開門進去課室，那班太太已經在竊竊私語，好幾個立即拉着我說：「怎麼突然會出現那種女人！」

她們口中的「那種女人」就是年輕、衣着性感，而且很漂亮的女人，立即就把我們比下去了，本來一群太太舒服自然地交流，突然來了一位少女，大家都很不自在。

我還是很有禮貌地邀請少女自我介紹。

「各位阿姨好，大家叫我珈珈就好了，我也希望可以做出美味的甜品，希望大家多多指教。」

當浚平也來到的時候，我留意到珈珈不時都看着浚平，常常都說不懂做要浚平幫忙。浚平每次都很樂意解答，有次我還看到珈珈在搓麵粉時，故意擠出了一條乳溝，其他太太都面露不悅。

「看管好妳的男朋友吧，我們一看就知道，那個女人很有機心。」其中一位太太跟我說。

浚平樂於助人的性格，根本沒察覺到甚麼異樣，又或者是裝作看不到。

我心不在焉但總算完成了這一課。我見到珈珈跟浚平在下課後，各自都拿出了電話，兩人在説笑，珈珈還不時用手拍打浚平的手臂。似曾相識的畫面，令我心底的不安又再湧現，怎麼這個世界總是充滿誘惑？

珈珈走到了我面前，裝出可愛的笑臉。

「老師，下次再見～」然後又再回頭跟浚平揮手，浚平也笑着跟她揮手。

我立即很着緊地走到浚平面前。

「你跟她交換了電話號碼？」

「對呀。」

「你不覺得有問題嗎？」

「其他太太都有跟我們交換聯絡呀，他們是學生，有事情要問我們嘛。」

「她會有甚麼事情要問你？你都不懂做蛋糕。」

「哎，難道我當場説不嗎？」

「是，是你説過要遠離引誘。」

見到我很生氣，浚平卻笑起來。

「哈哈，她連引誘都算不上吧，原來妳在擔心我跟她會發生甚麼事，妳是因為緊張我而生氣嗎？」

「我怎知道你們會不會發展下去。」

「妳知道嘛，在我眼中只有兩種女生，妳猜猜是哪兩種？」

「美跟醜？肥與瘦？老跟年輕？我沒心情猜。」我沒好氣。

「就是有感情跟沒感情，沒感情的我絕不會看上眼，而有感情的就只有妳一個。所以妳還要擔心甚麼呢？」他說。

「不是我擔心，是那班太太叫我看管着你。」

浚平握着我的手，看着我沉默了數秒，再開口：「我已經擁有最愛了。」

這句話，我好像曾經聽過。

在浚平身邊時，雖然常常都會感到幸福，卻又會不時質疑當中的真實，

被傷害過的人，要再相信這個世界、相信自己，的確需要一點時間。

除了我以外，黃兆唯似乎也回復過來，頭幾次帶兒子見他時，他仍然油頭垢面，一副生意失敗的頹廢樣子；但最近幾次，他又已經正正常常，整潔斯文，或許他也有新開始吧。

每次見他時，浚平都會在我身邊，但今天他因為要跟安琪一起見個重要的客戶，我帶着兒子，兩個人再次回到這個曾經的家。

我們仨的時間。

黃兆唯一打開門，就很高興地抱着兒子，也很有禮地邀我入屋內。屋內十分整齊，而且打掃乾淨，不再是一個垃圾堆的家。

兒子如常地去了自己的房間玩玩具，我跟黃兆唯坐在梳化上，是在發生一連串事件後，首次冷靜地聊起來。

「要不要喝杯水？」

「我自己去倒可以了。」我說。

「嗯，反正一切擺位都跟以往一樣。」

不只是傢俬擺位，他仍然放着我們的家庭合照。

「妳比以前漂亮了很多。」

「別說這種話吧。」

被他讚美，我心底裏有點高興，以前一直很努力希望換取他的讚賞，但原來在失去後，他才懂得欣賞。

他一副戰戰兢兢的樣子，很怕說錯甚麼話會把我氣走，令我想起我倆首次約會時，他一樣很緊張，就連把餐具遞給我時都會手震。

我們其實沒有太多話好說，只是靜靜地坐在一起，偶爾兒子會拿着玩具過來展示一下又走開。

「那個男人對妳好嗎？」

從他的口中聽到這句，又是久違的心酸，怎麼曾經最熟悉的人，他現在卻陌生地問我，其他男人對我怎樣。

「嗯，很好。」我點點頭。

「如果他待妳差了或者傷害了妳，記得告訴我。」他伸了個懶腰，嘆了一口氣。

我沉默無語。

「我依然會在妳身邊。」他再輕聲說了一句。

時間差不多，浚平也到了門口接我們，以往黃兆唯見到浚平總是露出一個敵視的眼神，但今天的他很平靜隨和，微笑跟浚平點點頭，浚平也有點錯愕。兩個男人恭恭敬敬地，一個心裏放着我，一個在現實中緊握我。

我回頭看着黃兆唯關上門，有點同情他的孤獨。

「他剛剛有說甚麼嗎？」浚平問。

「沒甚麼特別。」

「以後如果我沒空，就改約另一天吧！」

「哈哈，你在生氣甚麼。」

「一見到他就莫名奇妙地生氣了。」

望着浚平為我而生氣的樣子，有着一種被着緊的感覺。

浚平的新家今晚第一天入伙，他邀請了我跟兒子參觀。我媽還說笑：「今晚玩久一點吧，就算不回來也沒關係的。」

雖然只是樓上樓下，我還是悉心地打扮了，牽着兒子去到他的家門前。

浚平開門，他竟然穿着了圍裙，一臉焦急地說：「妳先進來吧，我的牛排快煎得太熟了。」

哇……浚平的家跟我以前的不一樣，是日系風格，一踏進去有一種清新的簡約感覺。

「我很少下廚，可能會很難吃。」

我腦裏閃過一段畫面，兒子的生日晚餐。黃兆唯在最後一天為我下廚，而浚平在第一日就為我悉心準備，我理應很感動，但腦裏不停浮現黃兆唯的畫面，特別是那一束最後的玫瑰。

「煮好了！如果太難吃別取笑我。」浚平的說話拉回我的思緒。

浚平的女兒跟我兒子已經習慣了一起玩，她像個大姐姐一樣，帶着兒子在飯桌前坐好。

「好吃嗎？」浚平心急地問。

他很細心地為我把牛排切成很小口，以期待的表情看着我。雖然他說很少下廚，但味道卻比我煮的還好吃。

「原來你除了畫畫外，廚藝還不錯。」我說。

「那以後我做飯，你做甜品吧，你們說好不好？」

兩位小朋友都大笑着説好。

明明黃兆唯的牛排很難吃……明明我們仨的家庭已經破裂了，但在這刻，為甚麼總是想起以前……浚平也留意到我的心不在焉。

「覺得這裏怎麼樣？」

「很舒服呀，整個人都很放鬆。」我裝作沒事。

「但妳看上去不像，有心事嗎？今天妳見完他，整個人就心神恍惚。」

「沒甚麼，真的。」

「那就好了，有甚麼事記得告訴我。」

浚平看着我，臉愈靠愈近，他的手放在我的大腿上，在我的嘴唇上吻了一口。

「這裏也是妳的家。」浚平溫柔地說。

看着浚平，我還是不要再回想過去了，我也把臉靠近了浚平，以吻回應他的吻。

/ 第五章 /

最愛

一直愛着你
用我自己的方式

／5.1／明天來嗎

自那天起，浚平的家漸漸多了我的物品、我的衣物，還有我兒子的玩具。假日我們會駕車到處去，留在家時，我們就一起下廚，浚平畫畫，我做蛋糕，維持着一個半同居的狀態。

甜品班的珈珈依然成為太太們的公敵，尤其是她的穿着極為暴露，我幾乎想禁止浚平參與課堂，但他已是班裏重要的一員。

「今晚在這裏睡好嗎？」

每晚去完浚平家，我都會帶着兒子回去我媽那處，半同居了幾個月，浚平首次開口叫我留下。

「我沒有任何壞想法的，只是每次都不捨得妳離開。」

我沒有拒絕的理由，點點頭答應了，浚平高興得擁着我。

第一次在浚平的家洗澡，他就躺在房裏的床上，我選了一件略帶性感的睡衣，吹乾頭髮後，走進了浚平的房間，他一看到我立即有點害羞，目光卻禁不住在我身上流連。他關上了燈，我們睡在同一張被子裏，身體不時互相觸碰，他從後擁着我，手開始不規矩，我們吻了起來，在這一晚，拉近了親密的距離。

然而，在漆黑中，浚平的手機螢幕亮起，我見到了一個訊息。

「**明天來嗎？**」

我頓時感到不安。

由第一次踏入浚平家，他不時都會拿起手機回覆訊息，很快又會放下，不過他的屏幕不是向面放，而是反過來向下，不讓任何人看見。

明天沒有甜品班，是我帶兒子去找黃兆唯的日子，上一次浚平突然說要見客戶沒有陪我。

翌日早上，浚平已經起床煮早餐，他一見到我就擁着我：「第一次跟妳說早晨。」

我梳洗好，吃着他做的炒蛋。

「客戶又突然有事找我們，我又陪不到妳去見他了，妳可以改期嗎？」浚平吞吞吐吐地說。

「答應了他，改期不是太好，你放心吧，我自己可以應付。」

以浚平上次的生氣程度，我以為他會堅持。

「好呀，但妳不要跟他說太多了。」他卻很快就回答。

浚平拿起了手機，按了幾下，又再反轉了向下的放着。

「是誰？一早就找你……」

「沒甚麼，一些舊同學的群組分享無聊事而已。」他說。

「你今天幾點要見客戶？」

「噢！快了！妳慢慢吃，我要先準備一下，遲到就不好了。」

「那今晚一起吃飯嗎？」

「我不知道會聊到何時，妳不用等我了，今晚妳陪妳媽吃吧。」

浚平匆匆忙忙地走了。

我回想起昨晚看到的那一句。

「明天來嗎？」

甚麼客戶會問他來不來？還是其實不是客戶……

我腦裹浮現了不同的人物……安琪、珈珈……還是那班太太的其中之一？

我準時地帶着兒子去到黃兆唯的家，他一見到我，就看穿了我的心事。

「你們吵架了吧？」

我沒有回應他。

「我都說了，他不過都跟我一樣，男人始終都是男人。」他繼續說。

「來，帶你們去一個地方。」

他抱起了兒子，兒子雀躍地跟着他，我也只好跟去，黃兆唯載了我們去鬧市的一處。

「妳認得這裏嗎？」他問。

說罷，他跪了下來，如當年求婚一樣，他在人群裏，雙膝跪地，眾人都停下了腳步看着他。

「老婆，我真的知錯了，在失去妳以後，我經歷過人生最傷痛的時間，但為了證明自己真心改過，我告訴自己要振作起來，讓妳再次見到我為你們而努力的樣子，我今日再次向妳承諾，無論是順境或是逆境，富貴或貧窮，健康或疾病，我將一生一世永遠愛妳、保護妳、珍惜妳，直到永永遠遠。只要妳回來我身邊，我們就重新開始，好嗎？」他望着我說。

當年，群眾起哄說嫁給他、嫁給他、嫁給他。

今天，群眾一樣說原諒他、原諒他、原諒他。

我想起了朋友那一句，原諒一個犯錯的人，他一定會很珍惜機會，很感激妳。我在他的眼中看到了誠懇，也知道他是真心悔改，只要我點頭，一切就會回到從前。

不是這樣的。

我花了很多努力才能夠從傷痛中回復過來，無論他承諾怎樣去改，他出軌的事實都不會改變，我面對着他，依舊會想起他跟那個女人曾經赤條條地在我眼前。

事情發生前，我的確很幸福，但那些都是過去，都已經失去了；即使怎樣挽回，都不再一樣。

如果沒有浚平出現，我很可能會答應他，但這一刻，看着黃兆唯——這位曾經深愛過我，我也曾經深愛過的人，我只説了一句：「我已經習慣了沒有你的人生，放過我，也放過你自己吧。」

隨着我轉身離開，人群亦漸散，剩下他一個人在鬧市中懊悔。

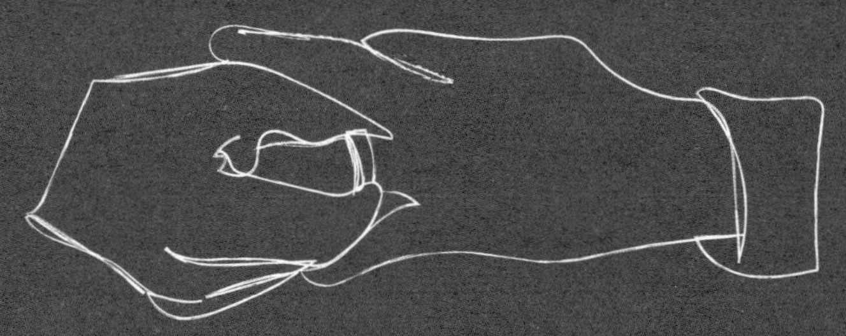

／5.2／真相

關於浚平那個曖昧訊息「明天來嗎？」事情的真相，是由甜品班一位太太所傳給我的訊息開始道出。

事情回到大概兩星期前，黃兆唯在鬧市中下跪的那天。

「我見到浚平跟一個女人上酒店！」

當我轉身後，手機就傳來了幾張對話截圖。

對方把名稱儲存成浚平。

「很想快點再上甜品班，我很想你了。」

「妳每次都穿得這麼性感，知不知道會害我硬了？」

在甜品班穿着暴露性感的，只有一個——珈珈。

看到這裏……站在鬧市的我，頭突然很痛，掩着口不敢相信，整個人都在發抖。

「你不是有女朋友嗎？甜品班的老師。」

「是又怎樣？不是更刺激嗎？」

為甚麼她突然要把對話圖傳給我呢？又是要示威嗎？我不敢再看下去。

「我見完客戶了，你們在哪裏？好像快要下雨了，我來接你們。」浚平在這時打電話給我。

我把地點告訴了浚平，果然真的下雨了，但浚平很快就到，他急忙地拿着傘，搭着我的肩膀，為我擋雨，不理會自己那邊已濕透。

一上車後，我仍然呆着，浚平叫了我幾次我才回應了他。

「妳臉色很差，不舒服嗎？」

「嗯，月經來了，肚子很痛。」

「回家後，我準備暖水袋給妳。」浚平摸着我的肚子。

回去浚平的家，他把手機放在桌子上，就立即很着緊地去找暖水袋。

我看着那部手機，內裏是否又存在着會傷害我的秘密？

「為甚麼你都反過來放手機？」我忍不住問浚平。

「喔，只是小習慣而已，妳不說我也沒留意。」浚平想了想，很自然地答。

「是否怕被我看到？」

「哈哈，怎會呢？或許是我不想常常留意手機，不自覺地反過來放。」

「喔……」

「妳要看隨便拿起來看呀，密碼是3924。」

他邊說邊叫我拿着暖水袋，再替我按摩肩膀。

「不用了，我問問而已。」

他放心給我看，一定是已經把對話都刪除了，我不想在他面前顯得歇斯底里。

到了甜品班的上課日，珈珈沒有出席，難道是浚平猜到我發現了，叫她不要再來上課？

下課後，安琪走過來幫我執拾東西。

「上次跟浚平見客戶順利嗎？」我問安琪。

「甚麼客戶……？哦，順利呀，全靠浚平跟他很聊得來。」

「那就好了。」

「妳最近好像滿懷心事。」

「沒甚麼，只是偶爾會想起以前的事。」

「浚平有跟妳說過我的事嗎？」

「他只提過妳以前有位很恩愛的男朋友。」

「是，當時我們準備結婚，婚禮也籌備了一年，我們連房子的訂金都付好了。」

「那麼後來……？」

「就在結婚前的幾天，有人見到他跟一位女生在電影院。」

「……」

「最後婚禮取消，我把戒指及所有東西都還他，訂金也賠了。」

「抱歉，要令妳回憶起傷心事。」

「我沒甚麼感覺了，現在過得很好呀，我沒有失去甚麼，只是少了一個會傷害我的人。」

「那妳覺得，浚平會傷害我嗎？」我問安琪。

「哈哈哈哈哈，妳說笑吧，他等妳這麼久，現在的他是我認識至今最快樂的他。」

安琪在走之前再安慰說了一句：「傷害會不會永遠都存在，是靠妳自己怎去看待。」

5.3 不想再錯過

然後，就在兩星期後，甜品班的太太傳訊息給我，說見到浚平跟一個女人上酒店，再附上酒店的地址。

當我趕到酒店樓下時，出現了一位熟悉的身影，黃兆唯。

「怎麼你會在這裏？」

「我都說過了，他一定受不住引誘，只要證明我是對的，妳就會離開他吧？」

他用力地拉着我的手走進酒店，在電梯裏按下四樓。他一直都在碎碎唸，一臉得意。

電梯打開，我們走到房間前，他叫我打開大門，我猶豫地站着，他不等我就自己把門打開。裏面第一個出現的人，真的是珈珈，當我們再走進去時，另一個人不是浚平，而是安琪。

珈珈氣沖沖地離開，走前她推了黃兆唯一下：「你的錢真難賺！」

黃兆唯跟我都不明不白地呆站着，等安琪開口。

「妳知道一切都是這個人安排的嗎？由第一天他就想害你們。」安琪説。

安琪走到黃兆唯面前，冷笑了幾聲。

「你以為每個男人都跟你一樣賤格嗎？像你這種垃圾，根本不值得擁有幸福。是你自己傷害了她，到她找到一個懂得珍惜她的人，你也要想盡辦法去害她？警告你以後都不要再出現在我們面前，要承受後果的，從來只有你一個。」

黃兆唯沒有回答，看了我一眼，就默默地離開。

「為甚麼會是妳？浚平呢？」我這刻才回復過來問。

「從一開始跟她聊天的就是我，浚平第一天就把我的電話給了她，我們都覺得她的出現很奇怪，於是就順着她的意思聊起來，看看真相會是怎樣。」

安琪拿出了她的手機，跟我展示一些對話。

「結果就發現是黃兆唯安排的？」

「我查一查就發現珈珈是位兼職女友，然後一切都很容易猜到吧。」

「那浚平呢？他現在在哪？」

「他在308號房，他一直忍住被妳誤會很可憐，妳去找他吧。」

308……我一直找，到了房門後，想按門鈴前卻停下了，突然想起安琪的一句：「傷害會不會永遠都存在，是靠妳自己怎去看待。」

在這刻，發現一切雖然都是黃兆唯安排，但我內心的不安也令我懷疑浚平，由今天起，我要相信浚平是真心真意愛自己的人，世上還有不會傷害我的男人。

我深吸口氣，微笑着按下門鈴。

開門的是我兒子，房裏還有我媽和俊平的女兒，當我走進去，還見到穿着一身西裝的浚平；他們都笑着很期待我的出現。

酒店房間精心佈置着，玻璃窗上貼着Marry Me的英文字母，整間房像花海一樣。

浚平拿出一個戒指盒，在我面前單膝跪下，一臉緊張。

「我在十多年前，第一次遇見妳的時候，就幻想過這一個場面，但當年我沒有勇氣表白，令我失去了妳。我很怕很怕妳會再一次從我的生命中消失，所以重遇妳後，我都很着緊，不想再次錯過，即使只能夠在妳身邊默默照顧妳。或許妳會對愛情失去信心，但我想告訴妳，我會好好愛妳、保護妳、珍惜妳，我的人生中，這輩子都只會愛妳一個。葉卓雯，妳願意嫁給我嗎？」

當浚平說到一半的時間，我的眼淚已經流下。看着浚平顫抖的手，他依然緊張的樣子，我回應了一句：「我願意。」

浚平也流着淚，為我戴上求婚戒指。

我的兒子跟浚平的女兒也過來擁着我們，而我媽則在一旁笑着，抹抹眼角的淚痕。

在浚平求婚的一個月後，我答應了陪他回去探望他的媽媽，把我們的好消息親口告訴她。到達機場準備離境的時候，有人叫住了我，是黃兆唯，浚平想上前擋住他，但我示意讓他說話。

「我在家中的角落發現妳遺下了，在想妳會不會想取回。」他把一隻戒指遞給我。

我看着這枚我曾經珍而重之的婚戒，它已經被取代了，我看了它最後一眼。

「或者這枚戒指曾經對我很重要，但它已經不屬於我，我也不屬於它，要怎樣處置，你自己決定吧。」

說罷，浚平牽着我離境，我們在候機室坐着。

我看着手上的戒指，每次看到也會微微笑着，浚平問我為甚麼傻笑，我答因為感到很幸福。

天空一片蔚藍，我的心情亦然。

愛情沒有所謂的回憶，只有當下的愛或不愛。

（全文完）

/ 老公外傳 /

老婆提早回家真的很可怕。

「我想射了……」

「再忍一下嘛。」

「忍不住了，妳太正……」

坐在我身上的，不是我老婆。

「等一下，廳外好像有點聲……」

「不要理……用力點。」她不肯停下。

「呃……」

完事後，她躺在我身上。

「不怕被妳老婆發現嗎？」她問。

「她跟兒子回了娘家，明晚才會回來。」

「那我們再來一次。」

「我先去洗一下。」

她性感地躺在我跟老婆的睡床上，無論從甚麼角度看上去，都真的比老婆吸引太多。

我拿着用完的安全套，全裸地走出房間，老婆就站在門外，眼眶紅了起來……

為甚麼妳要提早回來？

一年前，我根本沒有想過自己會出軌。

我公司裏全是男人，每天我就聽着他們的英勇戰績，同事甲及同事乙每星期都會嫖妓。

「今晚放工後去不去？」同事甲問。

「又去？你癮很大！」同事乙說。

「老婆大肚了，我不想碰她。」

「我明呀，老婆走樣了，就等於食物腐壞了，我們也只能吃外賣吧，哈哈。」

「好比喻！」

聽着他們毫無顧忌地大談出軌的事，我真佩服他們回家後，努力地裝好好先生。同事乙昨晚才跟老婆慶祝完結婚紀念，他還很恩愛地吻着老婆臉頰自拍，而同事甲前天陪完老婆照超聲波。

「就算我出軌，所有家庭責任都不會受影響，性與愛分得很清楚。」這是他們常掛在口邊的説話。

外遇這回事，還是不要搞我了，撒謊太痛苦。

「今天辛不辛苦？」回家後，老婆立即過來擁着我問。
「看見妳就甚麼都不緊要了。」
「你可以幫兒子洗澡嗎？我很快就準備好晚飯。」
「當然可以！」我抱起兒子。

看着老婆跟兒子，感覺我真是全世界最幸福的男人。

飯後，老婆跟兒子看着電視，我就會在書房打電動，最近很沉迷一款射擊遊戲，一玩就玩到深夜，老婆也不會管我，我從來都覺得自己是最幸運的男人。

這晚幾局也遇上同一位玩家「米高_1026」；他玩得不錯，之後還加我好友，問我要不要一起組隊。再玩了幾局，當我擊殺了敵人，他突然開了語音：

「啊～你好棒！」

是一把很溫柔的女聲，光聽聲音我就被她吸引了。我回頭望一望老婆，老婆跟小孩在看卡通，於是我戴上了耳機，跟「米高_1026」一邊打機一邊聊天。

「原來妳是女生，技術不錯。」

「哈哈，這是我男朋友的帳號。」

「哦……」

「不如我們交換電話號碼，我下次玩的時候再約你？」

我把號碼告訴了她。

「我會找你的，別太想念我，哈哈。」她說。

或許是抑壓太久，光是聽到她的聲音，偷偷傳訊息的刺激已令我今晚很想做愛。

我走出書房，打算撩一下老婆，但她跟兒子在梳化上擁着，兩人看電視看到睡着了。我也別打擾她了。

回到房裏，我腦裏不停浮現她的聲音，我連她長甚麼樣子，甚麼年紀，身材怎樣都不知道，但在我的想像裏，她一定是個比老婆更吸引的女生……

我想起同事甲及同事乙：「即使我出軌，所有家庭責任都不會受影響，性與愛分得很清楚。」

還是別想太多，好好睡覺吧。但當我閉上眼睛幾秒，手機就響了，是她傳來的訊息。

「哈囉，是我喲，有在想我嗎？」

「這麼晚還未睡？」我秒回。

「想起你就睡不着了。」

我們聊了大約三十分鐘，她傳出一句。

「那麼，明天你有沒有空，我們在咖啡廳見面，打遊戲好嗎？」

糟糕了，我想起我的頭像是家庭照，不知道她是否看到，我馬上就隨便換了一張風景圖。

純粹見見面，當認識一個朋友，交換打遊戲心得，也是正常社交吧，只不過她剛巧是女生，沒所謂吧？

當我想回覆的時候，老婆突然打開房門。

「怎麼你還未睡？工作了一天不累嗎？」老婆揉着眼睛朦朧地說。

「等妳嘛，妳不在旁邊，我睡不着。」我放下了手機，擁着坐在床上的老婆。

「肉麻！」

「不如我們……」我伸手摸着老婆的胸。

「但明早要帶兒子上學，你也要上班。」

我堅持着，老婆也順從了我，而我腦海裏想着的，是那個尚未見面的她，彷彿聽到她在我耳邊說：「有在想我嗎？」

完事後，老婆設定好鬧鐘，就跟我說：「老公晚安。」

「我愛妳。」我說。

「再說一次。」

「我永遠都只愛妳一個。」

「嘻嘻。」

老婆睡着了，我再拿起手機，回覆了她。

「明天我有空，妳再告訴我地點好嗎？Miss You。」

我把她的號碼儲存為「工程師@阿榮」。

她到底長得怎樣呢？很多年沒有像這樣期待過明天了。

早上，老婆已起床替兒子換校服，吃過早餐後，我就載他們到學校，再去上班。一直等一直等，終於等到「工程師@阿榮」回覆我時間及地點。

「唉，老闆又突然要開會。」放工前我傳老婆一句。

「不要緊，你加油！我們等你回來。」老婆說。

我比約定的時間早到了咖啡廳，坐下不久就有人從後靠近我。

「哈哈，你很準時！」

「妳認得我？」我疑惑。

「我看過你的頭像嘛。」

「妳先坐下吧。」

我以為她會坐在對面，但她坐了在我旁邊，身旁立即傳來一陣香水味。

她穿着一件緊身的小背心及短裙，這是老婆從來不會穿搭的打扮，她皮膚白皙，整個人散發着青春的感覺。她笑得很甜，我不敢相信她會跟我這種男人見面。

我們玩着手機遊戲，她愈玩愈靠近。

「你真的很厲害。」她說。

「不是啦。」

「你不趕着回家嗎？」

「不趕呀，回去都沒事做。」

「那我們再坐多一會吧。」

「嗯嗯，沒問題。」

我們打遊戲、聊天、説笑，不經不覺過了兩小時，期間她常常被我逗笑得拍我、挨着我，甚至會挽着我。這種曖昧的身體接觸讓我有久違的刺激。

她説要回家了。

「要不要載妳？」我問。

她笑着點點頭，半點也不猶疑就坐上了我的副駕席。

「你老婆讓你出來嗎？」途中她突然問了一句。

我嚇得差點急刹。

「沒甚麼關係吧，又不是要做甚麼。」我支吾以對。

「難道你本來是想做甚麼嗎？」

「唔？不是不是！」

「哈哈，你這樣就臉紅，我說笑而已，下一次見面再說吧，你會再約我出來嗎？」

「一定會！一定會！」

在離開車廂前，她把手放在我的大腿附近，靠近我說：「謝謝你載我回家，希望快點再見到你。」

她走了，我失落地看看手機，有幾個老婆的未接來電，我連忙回電她。

「老婆，我終於下班了，現在趕回來。」我說。

「小心點，車別開太快，要注意安全。」

回家後，老婆一臉認真地問我。

「你今天不覺得有點奇怪嗎？」

「甚麼？」我有點心虛。

「你把它放了在房裏。」老婆拿着我的婚戒。

「嘩！原來在家！太好了，我擔心了一整天，以為弄失了。」我舒了一口氣。

「哼！戒指都忘了戴，快要連我都忘記了。」

「怎麼會呢！妳是我最愛的老婆。」

飯後，老婆又再跟兒子看電視，而我則跟「工程師@阿榮」繼續聊天。

這就是一年前，我跟她的開始。

想不到，一年後，老婆會提早回來，撞破我跟她的事……

穿好衣服後，我一定要好好解釋，讓她相信我只是一時之錯，我依然會愛她，依然會負好照顧這個家庭的責任。

「你不是說我們只來休息一下嗎？」

「妳太正了，怎能控制得住？」我說。

「你跟老婆半年沒有做愛了？」

「唉，對着她根本提不起性趣呀……」

「回家前再來一次好嗎？」

「呃……好舒服。」

這個在床上跟我纏綿的女生，只是第二次跟我見面，就一起去了時鐘酒店。我連她的真實名字都不知道，只知她在遊戲裏的帳號叫「米高_1026」，是她男朋友的，而在我手機裏則叫「工程師@阿桀」。

她無論在平日的約會，或在床上都很主動、很熱情，令我很難抗拒她的誘惑，不自覺地就被吸引了，順着她的意思走。我們在性方面很合得來，她會滿足我所有需要，面對着她我可以肆無忌憚，盡情把情慾宣洩。

「你跟老婆做的時候，像現在這樣嗎？」

「不，悶很多，只是例行公事。」

「嘿，所以是我還是她可以滿足到你？」

「不要比吧，很殘忍，她一點都比不上妳。」

約會及婚後初期，跟老婆的性事還好。以大概最少一星期一次來計算，一年則是四十八次，在第五年已經做過二百四十次。你有一道餸菜可以吃二百次而不生厭嗎？

她生了小朋友後，更加令我不想碰她，身材走樣得過份也算了，而是她整天都呼呼喝喝，不滿這樣不滿那樣，跟她說話都會幾乎吵起來，怎會想跟她做呢？正如同事甲所說：「我還會回家已經是對她最大恩賜。」

最後，我跟這個女牛一天做了三次。

踏進家門，老婆又再罵小孩，看着她一身「阿姨級」的衣着，真的很倒胃口。

「你回來喇，今天工作很辛苦嗎？你看上去很累！」老婆擔心地看向我。

「對啦，老闆不停增加工作量，一點休息時間都沒有。」

「等一會替你按摩。」

「不用啦，妳也很辛苦。」

千萬不要，萬一她想跟我做怎麼辦，我又要找借口逃避。幸好，晚上她已經累得很快就睡着，我立即就拿出了手機，跟「工程師@阿榮」聊天。

她一直傳我自拍的半裸照。

「我又硬了。」

「我要看，你快點自拍給我。」她說。

「關燈了，而且老婆睡了，吵醒她就麻煩！」

「我不管，要不然我以後也不會自拍給你看。」

「好啦好啦，妳等一等，我去廁所拍。」

結果，我看着她的照片，在廁所又渲洩了一次。

回到床上，老婆真的被我吵醒了，朦朧地問我去了哪裏，我答她上廁所而已，然後擁了她一下，她很快又睡着了。

這一天，真累。

我們見面的時間愈來愈多，我也知道了她的名字是小萱，跟男朋友的關係不太好。

起初，我以為我只會見到她幾次，然後就修心養性，做回一個好爸爸，好老公。坦白說，除了老婆以外，我從沒想過自己還會吸引到女生，而且是像小萱那樣年輕的，實在令我感到很有自信。

快要四十歲了，還可以再次找到戀愛的感覺，原來我仍然有市場！

「老公！」

當我跟小萱傳訊息時，老婆突然打開房門，嚇得我手機都差點掉在地上。她換上了一件較性感的睡衣，走到床上，跨在我的身上。

「嘩，妳搞甚麼鬼。」

「兒子睡了，二人世界一下嘛……」

「我剛剛吃得太飽了。」

「沒關係啦。」

「真的不要啦，會想吐。」

「真的不想？」

「嗯，妳也早點睡吧。」

「那好吧……」

偷情的刺激填補了婚姻的空虛，讓我有活着的感覺。

在時鐘酒店的床上，小萱說了一句令我開始改變想法的話。

「我們要不要租一個單位？反正我們都常常見面。」

「好呀，地點妳有心水嗎？」我想了想也同意。

「在你公司附近吧，那麼午飯時間或放工後，你就可以立即過來了。」

她立即就回答了。

「我也想跟你組織一個家庭。」小萱挽着我的手臂說。

那一刻，我覺得沉悶的人生有了選擇，雖然那是錯的。

回家後，老婆在處理日常雜費帳單事宜，她跟我笑說眼睛看得很累，怕將來會有老花。

我抱一抱她，安慰說：「老了都一樣漂亮，別擔心太多了。」

平日我很少跟老婆甜言蜜語，或許是自信多了、或許是跟小萱的對話習慣，或許是我感到內疚。

小萱把租屋的事宜都打點好，好像很有經驗似的，而上天對我真的太好，公司剛好有個辦公室助理的空缺，而公司一向都陽盛陰衰，大家都一致說要請女助理，我馬上就跟上司推薦了小萱，他看到照片後，二話不說就答應請她。

租屋一事很順利，小萱也成為我的同事及情人，我們在公司保持距離，在午飯時立即去我們的小天地瘋狂做愛，有時候放工還會「加班」。

在老婆眼裏，我依然是個打遊戲機的宅男老公，一點都沒有懷疑過我的生活是這麼精彩。

維持了大概一年，期間只有一件大事發生，就是岳丈過世了，本來我的心情很沉重，老婆在家一直哭也哭得我心煩，幸好有小萱的陪伴。

放工後，老婆又回娘家，我連藉口都不用想，就可以跟小萱一起了。

但跟小萱走到我們的房子前，我摸摸褲袋。

「我好像把鎖匙遺了在公司。」我說。

「一直都是由你開門，我的一早就不見了……」

「那我回公司取吧。」

「等一下，你不是說老婆回去娘家嗎？去你家就可以呀，反正會很刺激。」

「會不會……不太好？」

「到時候你就會知道有多好。」

我們馬上開車回去我家。

結果，真的很不好。

在我被老婆發現後，她趕了我離開，然而在我感到傷感的時候，原來小萱還在樓下等着我。她一見到我，就跑過來擁着我。

「對不起……是我太任性，害你被發現。」

「沒關係，始終會有這一天。」

「那你怎麼辦？不如我們就這樣算吧，你回去老婆身邊。」

「怎可以！妳也是我愛的女人。」

「我也捨不得離開你。」

「我們先回去再看看吧，明天我岳父出殯，我老婆暫時沒空去想，我再看看怎樣解釋，這段時間或許要辛苦妳了。」

「只要可以跟你在一起，甚麼都沒關係。」

當我被老婆發現的同時，小萱也跟男朋友坦白了，而且他對她動粗。

而我當時身在老婆跟我的家。小萱叫我不用擔心，正在跟男朋友趕過來當面對質，她吩咐我千萬不要刺激他，擔心他會傷害在場的人，叫我想辦法在適合的時機說要去醫院，然後離開。

當我親眼看到小萱為我而受傷時，我內心跟自己說，我一定要好好保護這個女人，就算失去一切都值得。

「對不起，等我回來再說。」我跟老婆說。

這晚過後，正式要為之後的人生作出抉擇。

踏出家門，小萱說真的想去醫院檢查一下，在車上她憂心地跟我說：「我的男朋友可能很難纏，他不會輕易放過我們……」

我握着小萱，叫她放心，我會跟她建立另一個家，重新開始。

老公外傳（完）

/ 第三者外傳 /

「小萱，大學畢業後我們一起同居好嗎？」

李子維是第一個跟我說這句話的男生，對於從小就憧憬有一個自己的家的女生來說，這一句足以令我流淚。

「真的嗎？跟我一起住，我可能會很麻煩。」

「只要讓妳可以離開自己的家，我沒所謂。」

我從小就很討厭我的家人，我媽是個只懂向錢看的人，而我爸則很暴力，稍有不滿就會打人。

所以，我自小的願望，就是長大後要有自己一個家，有個愛我的丈夫，有被我愛護的小孩。而李子維是願意跟我實現這個家庭夢的男人。

「我們一起去找地方吧，但以我們的薪金，恐怕只能租一個很小的單位……」他說。

「沒關係，可以搬出來住，我已經很高興。」

「我將來一定會出人頭地的。」

「我也會做個好妻子，一直支持你。」

我和李子維在中學時期就認識，他的目標是在大學修讀電影，志願是做電影導演。我喜歡他總散發着一種不吃人間煙火的文藝氣息，約會時也很細心、斯文、有禮，他總是認真地跟我分享他對電影的看法。每次約會都是去看電影，有時候還會一天看幾套。

「懂我的女生不多，妳是唯一一個。」他總是這樣跟我說。

如他的承諾，我們由中學一起走到大學畢業，終於租住了一個小單位。地方很小，只放得下一張床跟一張書桌，廚房是開放式的，而浴室就只有一個洗手盆跟馬桶。

「你專心工作吧，我去買菜做飯，有甚麼想吃嗎？」

「謝謝妳，隨便就好了，妳煮的我都愛吃。」他甜甜地說。

我們在這個小空間裏很恩愛，每晚擁着他，我都覺得即使在這刻死去，人生都很美滿，已沒有遺憾。可是，子維的事業卻不順利，劇本沒有人欣賞，參加很多電影拍攝比賽都得不到獎項，令他意志消沉，性格亦大變。

跟他同住的我，成為了他發洩的對象，每次我在家裏做出一些冒失的事，他都會破口大罵。

「我真的接受不了妳這麼智障。」

「妳這個人到底有甚麼用呢？」

「要不是妳妨礙着我專心工作，我的人生一定會更成功。」

「如果我拍得出一部賣座電影，受益的是妳，拜託妳別再煩我！」

「不如妳消失在我眼前好嗎？」

先是言語的辱罵，後來更會動手，又是一個只懂傷害我的男人。至於我跟子維的親密關係，不要說做愛了，連牽手約會都幾年沒有試過。

我的寂寞卻因為一個有婦之夫的出現而得到開解。在遊戲中認識後，我很主動地邀他見面。

原來他的名字叫黃兆唯，跟子維一樣，名字有個同音的字，令我很有親切感。

他的樣貌跟子維差很遠，年紀也大我很多，但一見到他就有一種很安穩的感覺。他的害羞讓我很想把他據為己有，尤其見到他幸福的家庭合照，正是我所夢寐以求的。

我知道，像他這種不常跟女人相處的男人，小小的肢體接觸已經會令他很着迷，會情不自禁地愛上我。

我的青春肉體，他的老婆怎會比得上呢？

第二次見面，我就跟他做愛了，一上到酒店我就很主動，在他面前我完全釋放了情慾，他也很粗暴地對待我。

「你老婆一定不會這樣吧？」

「我不想提起她。」

「還以為你很幸福，你很討厭你老婆嗎？」

「我覺得自己跟兒子沒差別，放工後都是聽着她嘮嘮叨叨，她是一個很囉嗦、自討沒趣的女人，看着她我只感到厭惡。」

「那看着我呢？」

我們又再瘋狂地做起來。

當我回到家後，李子維根本沒有理會過我去哪裏，甚至沒有看過我一眼。這裏已經沒有我所憧憬的溫馨，我很想有另一個家，就像黃兆唯那一個。

只可惜，我的卵巢有問題，可以懷上寶寶的機會很微，為甚麼我只想簡簡單單當一個妻子、當一個媽媽、當一個女人，都這麼困難？

我很想看看黃兆唯的家是怎樣的。

被他的老婆撞破，是預料之外，卻可以順理成章地實現我的計劃。

他老婆一臉委屈，扮成受害者的樣子真令人討厭；要不是妳盡不到妻子的責任，令婚姻出現裂縫，又怎會讓人乘虛而入呢？既然妳不懂做個好老婆，黃兆唯就讓給我吧。

他回到老婆家，我也回去李子維跟我的家，但我一推開門，就見到他在廚房前，笑容很溫暖地跟我說：「我一直等妳回來，妳坐下吧，我快要準備好晚餐。」

李子維所煮的只是即食麵及煎蛋，但這是他首次為我下廚。

「怎麼妳哭起來？有這麼難吃嗎……」

「不，很好吃。」

我擁着了他，很久沒有見過他這麼溫柔的一面，就像我剛認識他一樣。

當晚，我們做了起來。

「妳跟他做的時候，也是這樣嗎？」完事後，他很難過地問我。

「不，我跟他沒有感情。」我看着子維說。

「我不介意妳去見他，只要妳不要離開我就夠了……我不能失去妳。」

李子維當刻的表情，是我見過最軟弱的表情，我想起他曾說過一句：「懂我的女生不會多，妳是唯一一個。」

我，是唯一願意待在他身邊的女人。

他不能沒有我。

「你不是說過跟老婆斷絕來往嗎？」我問。

「我只想陪兒子過最後一次生日。」

「那即是你還想念他們。」

「不是愛情的想念，只是感情。」

「你要見他們就不要再見我了。」

「妳真的很不可理喻！見一天都不可以。」他說。

「不是一天，是一秒都不可以。」

他把我推倒在地上。

又是會傷害我的男人。

從那一刻起，我漸漸不再那麼在乎黃兆唯，為了我他已經離開了老婆，但我想像不到一輩子要跟這個男人一起。當他跟我作出任何承諾時，我一點感覺都沒有，我腦裏想着的，並不是他。

就在他回到老婆跟兒子身邊那晚，我也回去了李子維的家，他一見到我就很着緊地擁着我，但我一臉不在乎的樣子。因為我知道，當妳表現得愈在乎，男人就愈不會珍惜妳，就只有離開才能令他們覺悟。

我很享受同時控制着李子維及黃兆唯的感覺，兩個大男人都要順從我意思而活。

當我替子維脫下褲子時，我發現他的大腿有處瘀傷，我指着傷處問子維。

「發生甚麼事了?」

「沒甚麼，撞傷而已。」

「撞傷?你在家裏怎會傷成這樣，快點告訴我。」

「妳還會緊張我嗎?」

「說不說隨你。」

「我找了那個男人，我求他不要搶走妳。」

子維說，那一晚他跟着黃兆唯，發現他竟然回到自己的家，於是上前跟他對質，黃兆唯表明不會離開我，於是子維抱着他的腿，不停苦苦哀求，兩人爭執之下，黃兆唯不停用力踢子維，而子維也拉倒了他，他撞得頭破血流，而子維則滿身瘀傷。

「我不會容許他傷害妳，他不是已經有妳了嗎？為甚麼還要找那個女人。」子維說。

「我會自己解決的。」

「不如妳就讓他回到老婆身邊，我們重新開始好嗎？」

「我再考慮看看。」

我傳了一張我跟子維在床上的自拍給黃兆唯，是對他回去跟兒子慶祝生日的懲罰，黃兆唯很着緊地回覆我。

「十二點後我就會走，以後都離開他們，永遠跟妳一起好嗎？」

「我再考慮看看。」

黃兆唯跟兒子慶祝生日後，他真的回到我身邊，可是每朝醒來見到旁邊的是他，我仍是沒有幸福的感覺。

直至某天，我同時收到兩個消息。一是我跟兆唯被公司解僱了，有人把我們偷情的照片及對話傳到我們公司內部，為保公司形象，上司立即就解僱我們。我其實沒多大所謂，但兆唯的反應很大，他在這間公司拼搏多年，剛剛捱到升職，結果失業了。

「要不是被妳的男朋友偷拍，根本不會有這樣的結果，只怪妳沒有好好處理，我一直很積極地處理跟老婆的關係，但妳甚麼都沒有做過，妳為這段關係，到底付出過甚麼呢？」

另一個消息是，我收到醫院的來電，說子維在家裏自殺，情況危殆。

就算黃兆唯拉着我，我都立即趕去了醫院。

我看着病床上的他，一臉慘白。我知道我們可以更幸福的，我們的將來不應該落得這樣的結局，他才是我最想每天看到的人。我想見到他有一天終於會成功，我們一直的夢想會成真。

我覺得很內疚，或者我當初忍耐一下，再給予他多一點支持，或許我們就會捱得過艱辛的日子。

陪了李子維幾天，他終於醒過來，他一見到我時，即使全身乏力，也想起來擁着我。

他又回復了我當初認識的那個李子維，一陣熟悉的窩心感傳到我心裏，我是唯一一個懂他的女生。

李子維出院後，我們決定了重新開始，他說以前因為壓力太大，有點抑鬱，但經歷過這陣子的事令他明白，電影拍不拍得成功，能否出人頭地，都不是最重要。他希望跟我慢慢一起為人生再次努力，以往大家所做錯過的，都一起忘掉。

我答應了他，馬上就去了我跟黃兆唯偷情的房子，執拾東西離開。

「妳真的要走嗎？」黃兆唯拼命地挽留我。

「嗯。」

「我為妳連家庭都放棄了，妳竟然為了他離開我？」

「正如你放棄老婆，選擇了我，我也可以放棄你，而選擇他。」

「妳不是說想跟我建立家庭嗎，我給到你安穩的感覺。」

「只是出於一時氣氛的說話罷了，發生了這麼多事，你也應該要看清事實，我們只是一時糊塗的感情，你也去挽留你的老婆吧，她才是最愛你的人，對不起。」

「所以妳一直都在玩弄我嗎？」

「我也有愛過你，只是比不上我跟子維的愛。」

「妳真的要走，我們以後都不見了嗎？」

「我相信，我們都不會在你面前出現了，謝謝你愛過我。」

我提着行李，關上了大門，回到我最愛的人身邊。

李子維聽到我的腳步聲，已經急不及待打開了門……

我們再次相擁，不離不棄，一生都愛對方。

第三者外傳（完）

黃兆唯從機場回到家裏，獨自一個人在漆黑中沉思。

拿着她曾經戴着的婚戒，腦裏浮現了很多畫面。

第一次約會、第一次牽手、第一次交換戒指、第一次當爸爸媽媽……

他一邊想一邊哭起來。他知道她真的離開了，以後都無法再挽回。

黃兆唯把婚戒放進戒指盒裏，如同初次買回來一樣，放進書櫃裏。

他從書桌的抽屜裏，拿出了那份「離婚協議書」，他其實沒有撕毀掉。

他看着仍然掛在牆上的婚照，在心裏想：

「如果一切可以重來，我願意做個好老公，永遠愛着妳。」

漆黑中，他在協議書上簽上自己的名字，

為婚姻劃上最後一份愛。

後記

感謝讀完《深夜綠文》的您，希望您喜歡這個故事，不會對結局失望。

很多人都跟我說，曾經面對過對方出軌，但現實中卻沒有「浚平」出現，只有自己一個孤獨面對。浚平這個角色，的確是小說裏的美好，但是，現實中當我們受傷時，也可以當自己的浚平，好好細心照顧傷心的自己。

我對出軌的看法是——出軌是絕對的錯，即使出軌的人背後有甚麼原因，對愛你的人加以傷害，都是不可原諒的。即使真的不愛了，那就乾脆一點跟對方坦白，試圖溝通一下，假如真的無法再走下去就分開，才開始發展另一段感情。

出軌的刺激跟細水長流的平淡，是無法共存的選擇，如果你想要一段一輩子的愛情，那麼就要欣賞及珍惜當中的美好。

《深夜綠文》這個故事，為我七年的寫作生活帶來了一點小衝擊，在我想放棄的時候帶來了信心及希望。我曾經跟女朋友約定過：「寫到三十歲吧，如果再寫不出成績，銷量依然差，我就放棄。」

但就算三十歲了，我還是想一直寫下去，希望用文字走得更遠，娛樂大家，也為她帶來幸福。

感謝您的肯定，寫作的路仍是不易走，但我會努力寫下去的。

密切期待《深夜緑文II》

深夜絲文

作者 ： 莎比亞
責任編輯 ： 書娜
設計 ： Tuen 團
手寫字 ： 書娜
出版 ： 洄水文化

facebook ： https://www.facebook.com/Shakepearelove
Instagram ： sapeiar
電子郵箱 ： shakepearewriting@gmail.com
香港發行 ： 洄水有限公司

版次 ： 二〇二一年二月初版
I S B N ： 978-988-74815-9-1
承印 ： 新世紀印刷實業有限公司